2022-2023

四川诗人双年诗选

熊游坤
易杉
李斌
——
主编

团结出版社
UNITY PRESS

图书在版编目（CIP）数据

2022—2023 四川诗人双年诗选／熊游坤，易杉，李斌主编. -- 北京：团结出版社，2023. 10
ISBN 978-7-5234-0771-4

Ⅰ. ①2… Ⅱ. ①熊… ②易… ③李… Ⅲ. ①诗集-中国-当代 Ⅳ. ①I227

中国国家版本馆 CIP 数据核字（2024）第 017153 号

出　　版：团结出版社
　　　　　（北京市东城区东皇城根南街 84 号　邮编：100006）
电　　话：（010）65228880　65244790
网　　址：www. tjpress. com
E - mail：65244790@ 163. com
出版策划：书香力扬
经　　销：全国新华书店
印　　刷：四川科德彩色数码科技有限公司

开　　本：145mm×210mm　1/32
印　　张：12. 75
字　　数：272 千字
版　　次：2023 年 10 月第 1 版
印　　次：2023 年 10 月第 1 次印刷

书　　号：ISBN 978-7-5234-0771-4
定　　价：65. 00 元
　　　　　（版权所属，盗版必究）

卷首语

曹纪祖

文学史是以作家和作品而留存的。文学选本历来是重要的载体。自古而今，优秀的文学选本多是大家所为。《诗三百》为孔子所编修。钟嵘的《诗品》，选而重论，成为经典。《昭明文选》《唐诗别裁》《古文观止》等等，为人们所熟知。这些选本，为我们留下了宝贵的文学遗产。

当今之世，信息发达，诗人甚多，编选者众。自新时期以来，虽然我们似乎还未看到公认的全国性权威诗歌选本，但有些选本是值得高度重视的。比如四川省作家协会历经三次专家论证，耗时数年，组织专人编选的《四川百年新诗选》，就是一个严肃而厚重的选本，具有"史"的价值。而以主流刊物或个人编辑的选本，也有可供参考的存在。至于有些选本，或格局不高，或亲疏偏颇，或江湖树帜，或离间有私，不在我们关注之列，是完全可以忽略的。

我们这次的编选，首先关注会员的作品，但也不局限于会员。我们既选择了四川知名诗人的诗作，也选择了更多后起之秀和普通会员的作品。知名诗人总有知名的原因，或因作品而知名，或因平台而彰显。我们深知优秀的诗人也并非每首诗都优秀，而更多看似平凡的诗人却有优秀之作。我们试图选出这两年让人记得住的作品，让作品说话。至于是不是真好，就要留给时间来检验了。作为四川省诗歌学会的一个选本，肯定不是个人任性而为，只有极大地包容，才不至于造成遗珠之憾。

　　具体的操作总是人为的，而对艺术的见解，则不尽相同。求同存异，达成平衡，是编选的现实。这个选本也不可能做到尽善尽美，但可以肯定的是，这是一个相对值得信赖的选本。百年一瞬，两年遑论？如果其中有在历史意义上留得下的作品，就是我们最大的欣慰了。

目录

Y

神鸟，从北京飞往拉萨

阿　来

六月到来的时候，春天
使草原多么宽广
鲜花照亮道路，绿水环绕牧场
这是酥油金黄的日子
这是奶酪酸甜的日子
从天地之间，盛大的夏天
即将来到，静谧的正午
我们久久瞩望东方

这时，传来了远远的雷声
从太阳升起的地方
雷声传递过来，从晴朗天空
声音如此有力，如此沉雄不断
惊醒了午寐的草原
雷声从长江之源到黄河之源
唤醒沉睡的冰川

唤醒两条母亲河流之间春的草原
唤醒草原古老沉静的梦幻

每天，这声音从东向西
整个草原从马背，从河岸
从湖心中百鸟翔集的孤岛
人们啊，踮起脚尖
仰起脸，瞩望北京到拉萨的神鸟
编织氆氇的女人仰起脸
修理畜栏的男人仰起脸
沉湎古歌的老人仰起脸
阅读新书的孩子仰起脸
看哪！看哪
沿着太阳起落的轨迹
我们头顶湛蓝的天空
飞机闪闪发光像是梦中一样
传说中的神鸟一样
是银子做成的翅膝
是雷霆做成的心脏
银子的翅膀驮运着希望
雷霆的心脏充满力量
在草原美丽的天空飞翔

每天，我的草原都在盼望
每一朵云，每一朵云投向大地的荫凉

每一眼泉水，每一眼泉边的歌唱
都盼望聆听那巨大的雷声
胜过万匹群马的奔腾

神鸟飞临！神鸟飞临
六月，我们等候着夏在
隆隆的雷声中
寺院的红墙轻轻震颤
广阔的草原微微翻卷
从北京到拉萨
轻盈飞翔的神鸟，银光闪闪的神鸟
从头顶掠过，在心头盘旋
比夏天到来还好还早

山　鹰

阿苏越尔

鹰从山头飞过
很多人都以
为鹰，已经
从自己的头上
飞过

透视一切的鹰
预知了未来
而我们却
牢牢掌握着过去的线索

过去的时光
是鹰喂给我们的粮食

飞过空中的鹰
像诗人涂写在天上的

彝文字
粗黑、遒劲

从山头飞过的鹰
偶尔把天地收敛
午后的岩石上
栖息的鹰啊
只想看清人类的嘴脸

祭祀与女人

阿依卓

屠牛、杀猪、宰羊

祭祀与女人无关

母亲说

再丰盛的祭品都不如一颗虔诚的心

日复一日

年复一年屠牛、杀猪、宰羊从未停息

一只无头鸡飞上高墙

血溅鸳鸯

母亲躲在帘后

窥视着扩张激情与雄性的男人们

美

——赠杨键

柏　桦

美是难的，美是苦的
是的，希腊何须人去遥说
今天，我们有黑碗和黑鞋

美不稀罕，美很平常
这不，小镇的美，被你发觉
"听诊器挂在石灰墙上……"

美可怕吗？你想一想
大槐树被一阵狂风吹倒
鬼魂开始出没于井边

而美最终是反的——
人人都有这样的观感
乌云下的树不可能黑，更亮

沉默的万物将为你弯腰

——悼袁隆平

白鹤林

上苍会保佑每个人都吃饱饭吗？
大地会记住那些献身于她的魂灵吗？
这一天全世界都在谈论粮食，
这一天我们心中有一个个悲痛的疑问。
而答案在风雨中飘……

你只是一粒瘦小而倔强的谷种！
当稻田一片金黄，劳苦的人露出微笑，
种子就会在泥土中消融。
但沉默的万物将为你弯腰，祭奠和传颂。
演奏一首生命最高的安魂曲。

深秋的玫瑰

步　钊

深秋的玫瑰，你在为谁倾城？为谁憔悴
褪色的天空，黎明如梦方醒
你站在孤单的露台
看落叶如皇历翻飞

北雁南归，也许它们将远涉千山万水
其实它飞过的，仅仅是荒芜的人心
记忆中的草原，牛羊满坡
放羊的孩子啊，我想我依然不舍得忘了你

遇见，还是遇而不见？
采薇的旧时光，过了就寻不见
那一句拉钩、上吊、永远，你还记得吗
在那遥不可及的，烟雨江南

可是冬天它说来就来。冬天从你的眼底出发

转眼就抵达我的诗歌
用一朵玫瑰就可以抗拒人间的寒冷
可这场一生中最重要的战斗

胜利，一直掌握在你手里
幸福，从来都是恍如烟云

2022—2023
四川诗人双年诗选

别来无恙

白玛曲真

大渡河流水，不会回头的地方
群山屹立
一座小城的春秋也过，寒冬
带着一场蓄谋已久的风，吹乱了人心

本以为，一些事物遥不可及
只是上帝，虚拟的一场事故
本以为，慈悲为怀的人
久别后再次相遇，终是青春依旧

可白云，也无法掩盖无情的冷
任一些疯狂的病毒，恣意妄为
草枯了，叶落了
后院的紫菊，凋谢于一场刺骨的冬雨
我的额头上，多了一条痕迹

母亲老了，河流浅了
鸡犬相闻的村落，少了几许炊烟
天地，拉开了距离
人与人之间，多了一些沉默

别来无恙吧
你在雪花纷飞的高原上
别来无恙吧
长江流域奔腾的地方
别来无恙吧
黄河两岸的兄弟姐妹们

明天开始
我在大山深处，种植白菜萝卜
在尼日河畔，种下一池莲花
我在窗前老树上，挂上大红灯笼

在春暖花开时节，备好一壶香茶
我还要打开密封的酒坛
你好久来，我们举杯道桑麻

成都记忆：西马棚街 26 号

曹纪祖

那时候没有高楼
街道上都是院落
六七户人家
一口水井
大门沉重　门槛很高
门闩又宽又长
环形的门扣金黄

那时候街边有老槐树
攀爬的少年
磨破了衣裳
邻家院落红红的桑葚
只隔一道青苔长满的土墙

那时候街道很安静
马栓就在青砖的墙上
不曾看见马匹走过

沸腾的市声可以想象

那时候外祖母健在
东邻的泡菜，西邻的葱姜
端一碗米饭坐在门边
好吃的东西互相品尝

那时候人心不隔膜
隐私与隐私无意遮挡
谁家来客，谁家吵架
百姓的生活都很平常

那时候物质匮乏
稀缺的食品排队很长
花一整天买回一斤带鱼
全天的心情，过节一样

那时候懵懂的少年
常在街头张望
对门幼儿园漂亮的阿姨
是他魂不守舍的向往

曾经尾随那个倩影
高挑、白皙、辫子真长
一转弯就不见了背影
记得那条街，叫半截巷

我已经不在这里

曹　东

我已经不在这里　我的身体
是一个旧地址
一阵风
就把骨头吹乱

但我无法停留下来
一直在黑暗的街区行走
靠着
内心那一点小毒素

给母亲的信

陈小平

亲爱的母亲，现在是早春二月
动车正全速驶向远方
冬青长出鲜嫩的芽，灼烧着残霜
在他乡，我并不孤单，我没有
锋芒毕露，像你一直警醒的那样
我已与自己握手言和，已学会
在跌宕的溪流上歌唱时光
我知道，你已原谅了再婚的父亲
在天国，与他居住在先前的居所里
让满屋子氤氲着柴火燃烧的香味
……这是梦中的一幕，那么真实
我还看见你站在灰色的站台上
目送绿皮火车慢腾腾地将儿女
运到你年轻时向往过的出海口
亲爱的母亲，今天，我给你写信
你会说：哦，是那个犟牯牛平娃子

"他们迟早会让你吃尽苦头"
你说的没错，在我哭泣和痛苦时
母亲，呼喊你就感到温暖和安全
感激你，安放在我心中的
善良，如你的善良一般的光辉
使我在仁慈和宽恕中，学习
直立行走，又在嘲讽轻蔑中
感知到万物的结局

死亡的蜜蜂

陈修元

死亡随蜜蜂震动的翅膀，飞行到田野，
随针状刺吸式口器深入花蕊，
春天展示出妖冶的姿容。
油菜花，浓艳刺鼻，诗人，集体晕眩。
语言的冬装被收拾，折叠，放进箱底。
新款服饰尚未成批生产。各种伪装
迷惑他人，也迷惑自己。病毒
与人类，白天与黑夜拉锯战。
黄昏充满蝙蝠黑色的气息。
空气中的消毒水气味，久久不散。
生命被简化成一口气的呼与吸，
肉体被火化为一撮颜色暧昧的骨灰。
我被告知：语言正在被新型病毒围剿
伤亡，惨重；情况，危急。准备后事
没有后事，可以准备。只等黑夜
抹去脸上的泪水，堵塞口鼻发出悲声。

有人绝望，有人突围，地球承载加重
转速减缓，星星自动分化成两派：
一派发光，一派隐匿。

一个杜甫，两个杜甫

陈子弘

自从那天你提出把唐诗作为研钵，
用于制作我们诗歌自己的素材粉末。
杜甫的春夜和正午，锦官城的光线，
交子大道的光影双子塔，纯粹是魔法。
"Wash all the wrongs of life from my pores.
（从毛孔里涤除我人生中所有的错招）"
这句我一时找不到中文的准确出处。

微信对话框上到处都是人在低语或高唱，
我也对社交媒体的一无是处很是计较。
波塞冬的利器，正三角形或以前的机型
白鹭飞过两刻钟的温柔气氛，雨歇了。
我右肺的顶端似乎有点虚拟的小堵，
这证明支气管并未变得辽阔而蔚蓝，
好雨知时节，不好的雨就不知时节嗦？

数千年来一直不变的持续节奏，嘀嘀嗒
无情的滴漏，时分秒无时不刻在行进，
行进没有内在的节奏。文字上的杜甫
在当代其实比较干瘪，被读书人脑补了
跨越千年的优美、深邃、节奏和神圣性。
一个瞬间一如电影的一秒 24 帧静态画面，
淅沥单调的破碎和冲刷，那什么又是时间。

劳动者

陈维锦

他们向外挖。
我向内挖。

当我们目光交汇。
葫芦岛落下细节的种子。
我向粮食表达敬意。
而他们，向粮仓表达怀疑。

秋日清高

陈　克

举目无亲，便不尝试登高。
遗忘了金刚錾，也就废了瓷器的牢狱。

今日伫立门庭，正好看见秋风，
一再抱怨他们的事多。钱多。落叶多。

还有天上的浮云，地上的深潭。
升起一团，埋掉一团。

唯有雁阵待成追忆，身后事
一排排格式化。

裁　缝

茶　心

干了大半辈子裁缝
她依然放不下剪刀，尺子和针线

她习惯将自己的衣服翻来覆去地
改大或改小，添加或裁去

她坐在窗边
光线在她的手中拉长又收短

压好韵脚后，如一幅画的完美收笔
她会戴着老花眼镜反复端详

几十年来，她总是用心裁剪生活
将紧巴的日子改宽，漏风漏雨的日子收紧

同化事件

陈　辉

伟大的思想家在夜里永生
此刻，我正在赶制一件严谨的外衣
它的针脚细密，衣扣和扣眼吻合得整齐
孤灯下，我和先哲坐在同一张桌案前
远处，呼声四起——再深一点
我将混同于黑人之中
裸露在外面的皮肤与空气充分接触
氧化出一层苔藓——舌头上，脖子上
操持论文的语言之手如生铁般僵硬
圆木滚下山坡，鹭鸟坠入深湖
指纹般的漩涡
一再确认感性之门是否紧闭
刀刻般的句式转换在丝绸上留下痕迹
软组织挫伤，大脑永久性受损
我知道多年后这些针眼般的疤块会如炊烟消失
云朵在天空中仰泳，激起的水花
偶尔是雨，偶尔是雪

妈妈，跟我一起写诗吧

陈　建

妈妈，跟我一起写诗吧
入口的烟，全是化工香料
让人没有吞下的欲望

妈妈，病房外面草丛中的大理石
没机会再去记录不朽了吧
在时间中凝固成尘埃，它习惯吗？

妈妈，你在病床上犹豫的样子
我没想到什么宁静的港湾
很久了，海面很大，也很枯燥

妈妈，我关掉了房间的灯
你一直看着
萎靡的脑血管，让你不那么完整

妈妈，你注意到了清晨的光线吗？
我听见你企图翻身
又像回车键留下迟疑的一行

妈妈，让我跟你一起写诗吧
那时我们在同一个躯体里生活
星球还年轻，你躁动，为两个平行的人

在水一方的虎

陈　进

人间四月天　一只虎
在异域的船头
盘踞着彩霞
虎也有在水一方的时候
无边落叶是他无边的岸
在林涛和波涛之间
虎　不是池中之物
他也要适应灯塔的光

一只虎　汪洋中流放的王
千层浪是他呼啸的原野
他看着白帆升起太阳
月光给他重塑金身
在水一方的虎
他有着狂野的花心
也有美丽的乡愁

最后的　一只虎
他将在漫长的甲板上
找到他熟悉的木头
和一颗乱石穿空的心

三峡的山

陈宗华

挟着垂直断崖的黄昏
追赶和谐号列车
列车载着我穿越隧道
是在故意缩短山追赶的时间吗？

和谐号列车在山路上奔行
茶端着玻璃身，和我相对静止
已越千重山，每一座峰
胜似野猿眯着灯火

灰暗的天空一颗星都不剩
都充着谷雨下了吗？和谐号继续狂奔
顾不得三峡的山被初夜躺平
厚黑的腹肌还要手指伸向纵深

东大路

崔　哥

东大路的名声
是巴蜀血亲踏出来的
山高水长
17 个歇脚的驿站
招呼过往的客
成都有重庆老表
重庆有成都兄弟
一家人不说两家话
一条弯弯绕
始终绕不开龙泉山
那就铺个排场
在山外高洞子边界上
迎送亲人
从礼数上讲
龙泉驿的大道
越往东越耿直

四川诗人双年诗选 2022—2023

忆父笔记

邓　翔

我梦见过的二月的清晨
一只碗形的天空，在雨后
破裂。你蓝色头盖骨的
底片，没有了小溪，也没有了湖泊

"空的，空的"，呼吸机在急促地低语
你灰白的头发舔着火焰，
"唉，什么也不要说出
世界本身就是空空的仓库"

你喉咙的咕噜声融化着去天边的路

四月天

邓万康

几天来雨滴渐断，行至文汇路
杏叶泛着亮光，两旁这些树
一走就是二十年，正面的云层
透逦浮起，淡黑铁青，断带模糊
像水粉透光，头顶光柱强势
仿佛扑向人间

整条街在十六时的下午丽阳通透
蚂蚁走过中年，小哥们开始穿梭
飞机轰鸣，商店正播放暧昧的旋律
我却独爱这有风有雨的街道
像植被必须爱上雨无关喜好

相安无事或互不打扰，不适合爱情
比爱更荡漾的色彩叫宁静持续地涌来

某些想法匆忙登场又退下阵来

是风不够疾劲，还是纸角力压文石
浸润墨迹探寻穷处有路

一把刀子

邓太忠

一直心怀叵测，把光芒
涂抹在记忆的深处
没有白昼的日子，见到谁
都有一腔的愤慨

刃口骄傲放纵的谈吐
越是犀利，一些事物的伤痕
长出难言之隐
让一些迷茫的视角，从血色
蜕变成雨后的彩虹

只有被砍伐的树，朝思暮想
刀脊上行走的真理，能否
唤醒所有的过往

一切都是一切的，疼痛的过程
是生的回荡，也许
是死的交响

半夜声音

董洪良

咳咳咳，呻吟、喘息
像喉咙里有痰，像身体里
被虫子在咬噬一样
脚步声、惊呼声、慌乱声混在一起
如某城深夜发生了惊天大案：
楼上死人了——
绝望的冷寂占了好长时间
然后是哭声传来，嘤嘤
呜呜的，一片接着一片
像悲伤的石子砸开了锅
接下来，才有人想起要报丧
有人招呼着叫人帮忙抬人
有人则带着哭腔拨打殡仪馆电话
胆大的邻里都去看上一眼
胆子小的则装睡或回避
自始至终，我都醒着，迟疑着

不敢一个人独自上楼
我怕这个平时照面仅招呼一下
却干系不大而走掉的邻居
把一柄利刃捅在我心上
我更怕他的儿女见了我，也像
多年前胆小的我一样
不敢朝着刚走的那个人扑过去
来一次最后的拥抱——
而这，需要勇气和一点时间

在浣花溪

杜　均

听过了树的交响、花的独语
翻阅了山的传记、云的影集
春风在此向万物致意
涂抹干净的绿、放肆的红

在密林在野湾散落线装的诗句
缠着烟裹着雾寻觅搁浅的时光
我和几只白鹭保持默契
翘望春的来路、秋的归途

在浣花溪畔，在露水闪亮时
飘零的花瓣又一次回到花期
离开故乡的人重新发现乡愁

金马河

杜荣辉

一条河有灿烂的星空
一片湖有澄澈的眼神
一条路有隔世的红尘
当金马的马蹄在心中溅开浪花
白鹭早已穿过黄鹂的婉转
将柳树的长袖抛在身后

赵汴笔下的渔火
只给了我片刻的沉思
杜子美窗前的雪山，依然
隔着错落有致的花海
我们来了，相约在金马河

春天多么美！小姐姐们开始吟诗
从连二里市到鲁家滩，再到万花拾景园
春天有了不一样的细节

时光仿佛回到很久以前
那时蒹葭还没有进入诗经
我们也只是陌上的一花一叶

银杏的禅舞

丁翠梅

银杏是冬天的舞者
它身着华彩盛服
遗世独立的金黄
横扫天空的阴霾
华丽绽放气场十足

寒风抖动起翅膀
阳光也穿插进
这场纷纷扬扬的谢幕
大地铺满柔软的金黄
每一片华丽的精灵
都将在今夜
讲述着这场宿命的轮回
安息于尘土

就像每一个辉煌的生命
都在上演着认命的洒脱与臣服

彝人进城

发　星

在冰冷的钢筋水泥中念进黑经
在苍白空旷炎热的大街上念进羊群
在没有梦幻空洞的灵魂中念进家族
在电脑时代强烈伤害的眼睛中念进荞粑
在污水污气污食的血液中念进干净的密林

喊不出声的疼痛

风尘布衣

傍晚时分的灯火
像极了安魂曲里的音符
城市把伤口和隐私一同藏起
脆弱得像一尊透明而忧伤的瓷器

灯火里的众生
被冰冷的意志琥珀一样
悬于半空　复刻生命标本的小昆虫
该如何留下醒世的遗言
或是直抵时代良心的呐喊

烟火已经很瘦
支不起一副草芥的骨骸
俯瞰众生的人
披着光芒万丈的袈裟

我的目光里没有悲悯
一如眼前这喊不出声的疼痛

藏羚羊

龚学敏

拼命的角，把天空臃肿的皮肤，用奔跑
划得尽是伤痕。
这不怪我，铅弹把我家族的天空
早已射杀得只剩雪片那么小了。

我只有用奔跑，把一片雪扯成一面旗子、
白旗子，用来遮盖
电视新闻中，那些彩色的遗体。

我的皮毛在日渐升高的气温中一步步凋零
每朝上走一步，我的心才能清凉一点。

我的角因同族的对手们纷纷逝于子弹
而孤独，直至脆弱得被风吹化。

我的肺被越野车的哮喘传染

我一抖
草甸，是我朝大地咳出的一块伤疤。

我的名字
在不再手写的人们心中，一画画地死去
越来越简，直到整个高原被圈养。

我现在只能用薄薄的空气
再一次把自己的名字削薄，夹在教科书中
供来往的火车，识字。

我现在只能用浅浅的草，提醒子弹
我是食草的一种奔跑
和子弹一样的奔跑
可是，子弹不听，它嗜血，嗜我，嗜众生
最后，还要嗜发明它的人类。

怀念一滴雨

干海兵

一滴雨纵身而下
多少个朝代就这样过去了
出生、成长、死亡
有未了缘的人轮回了几次
雨还没有落到地面

落到脸上的雨是从前的
所有等这滴雨的人
都干渴成了灰尘
被这滴雨打湿的人
埋在了泪珠当中

一滴雨下得很慢
几代人就这样过去了
天空很空，雨可能在时间的
某段迷了路

举手望天的人一个一个
消失了，又一个一个
出现了
纵身而下的雨，是从前的雨

在石桥村夜间散步

谷　语

这是我们最后的夜色了
隔着一片庄稼地，山间小溪在暗夜里流淌
夏虫是有些沉默的，风吹流萤、发梢
日渐破败的老屋，风吹过去、现在和未来
这乡间的漫步掺进一丝落叶的杂音

夜行的车灯，能否照亮时间的羊肠？
雀鸟惊鸣，一定是感到即将来临的雷霆和风暴
我们期待的风景，埋藏在深深的夜色里
只有石菖蒲忧伤的气息还是那么浓烈
亲爱的，把手伸过来，夜露就要降下来了

这是我们最后的星辰了
在路的拐角处，感受遥远而模糊的事物
我怀着形而下的痛苦，寻觅着形而上的拯救
好深好深的夜呀，有门环轻轻碰撞，有夜归人
亲爱的，靠过来，秋天真的要来了

川戏鼓师

辜义陶

就那么一阵敲，就敲出了
一台戏，就敲出了
千军万马的奔腾，以及
那窦娥冤
一声千年的长叹，从
戏台向世界漫延开来
六月的雪，从天幕飘落
黏附于鼓师额上的汗珠
闪亮于灯泡之下
天干三年，大旱三年
而鼓师端坐于桶子上
面不改色，心不跳
一场一场的折子戏过去了
鼓师眼含岁月的河水
心底涌动光阴的浪花

戏，终于谢幕。起身
鼓师只留给戏台子一个背影
哪个还在幕布后面唱——

时光之蓝

苟永菊

在栖息的迷雾中
有鸟的翅膀，冲出沉寂
停驻于滩石，它们为
鲜美的鱼——
驻足，凝思，也为河岸
增添某种神秘的气息

从我的角度，望
湛蓝的天壁，透亮的鸣叫
被灌满一串串音符
清远，明澈，充满神圣与冲击力

天空的背景里，你横冲直撞
看得见与看不见的沟壑
横亘在群山。环绕，突破
以一种新生的力去舒展

去与旋涡对峙

冬的羽翼，让巴河的
流水与风暴生生不息
成为永恒的飞翔

亲爱的早晨

古 川

如果多要挟几秒
绿植就要把清新压得冒泡

如果多要挟几秒
幼鹳的哈嚏就要把慵懒
坚持成慢跑

无须画家用颜料努力去灌
亲爱的早晨几乎都是这个样子

几乎的美妙都要盖过屋檐
盖过你我
盖过墙角来不及撤走的黑暗

此时我只有一个等待

等待手捧的初始柴火
突如其来地燃烧

向日葵无言的燃烧

盐马古道

龚 伟

披一身落叶
逶迤在丛林深处
千百年来着满老茧的脚印
把你沉入这厚实的泥土

时间长满了青苔
往来的足迹
压弯的背影
已随洒满热汗的咸涩
寂然远去

而你
依旧起伏在这荒凉的山岭
如纵横历史的经脉
联结今天和远古

春天，你好！

胡　马

在旋转楼梯上下坠如天使，
他抛弃的烟圈轻轻流成一滩税源。
夜色经过建筑和无名指时，
一种暗物质自他身上拉开帷幕，
在眼角上凝结如铅液，
或许，那是神的眼光。
落虹桥街担心他的空裤管突然
伸出一截腿把街沿绊倒。
流浪汉、乞丐或街头露宿者，
当他们借助不同身份出现，
表明春天觉醒的代价已经被支付。
他们是邮戳、蘸酱和铅笔屑，
一不小心就暴露了楼间距的秘密，
像星星悄悄闪耀在天空。
他用眼神向春天发出凛冽问候：

你好！亲爱的族类
到了应该替换翅膀的季节，
别让肺部积满西伯利亚的火山灰！

六 月

胡 亮

苜蓿花特别擅长紫色，而微型蓝蜻蜓
则精通短暂。几米外的小河
反复练习着清澈，以便娴熟地
洗去我双颊的土尘。
紫色像微澜那样悦耳，而短暂像锦鸡
那样将最长的尾翎也缩回了灌木丛。
我特别擅长转动群山，而你则精通蔚蓝。

雪落菩萨岗

胡先其

总有那么一段路程
使足了劲加油
也提不起速

那座古老巍峨的城墙
默默看我
风尘仆仆的慌张
表情严肃，技艺精湛的师父
一言不发，手拈兰花

在这高原
有逆风飞扬
有海翻滚
像极了岁月的模样
有雪
飞蛾一般撞入胸膛

猝不及防　瞬间滚烫

仿佛一场
蓄谋已久的意外安排
小路弯弯，层峦叠嶂
风风光光的春天里
遇到三月　遇到飞雪
瞳孔的黑
遇到铺天盖地的白

蜘蛛网

黄世海

蜘蛛，在一张网上吐着
自己的格言
蛛网上线与线交织，系着寂寞
蜘蛛仍在有序的编织

虚无的月光，是另一座城池
蜘蛛，不畏惧夜晚的影子
让时间旧着，在纹理上
竖起华丽的刺绣

一阵风一吹，萤火虫、蚂蚱
从繁茂的草叶间越过
蛛网有些晃动，但却完好无损

匆匆赶夜路的人，在它面前

停止了脚步

抑或，是用它来挡住

一抹夜色，一堆烦心之事

遗　产

黄　啸

从一串噩梦中及时醒来
是幸运的，如同再生。
睡衣水湿，而三倍心跳
足可让玻璃窗嘎嘎共振。

梦中景象，父亲曾多次讲过。
他的旧事，我未有幸经历，
还是一个成天被泥巴玩的孩子。
它的尾巴扫过我的童年。

今夜，我却用自己的脸替他
重演旧事——莫非像他的
秃顶和打鼾一样作为遗产，
而我必须成为孝顺的儿子？

推开窗，我终于认出那
梦中之城：星空般盛装，却又
空无一人，像提前的宵禁。

鹳雀楼上写新诗

华　子

那面白日的大鼓，一千多年来
尚未落下最后一槌，似乎永在路上
追逐着未来的黑暗。
黄河也从未说清自己的来龙去脉，
一直借助大海绵延，似乎永在路上
搜寻着未来的宝石和蓝星。

再高的峰峦和危楼
均可丈量，但打开窗扉的
胸怀和眼光，不可丈量。
鹳雀楼上，香炉高过天堂。

一句话就让你和鹳雀楼天涯咫尺，
或者咫尺天涯。所谓的好诗，
就是给你随手可举的望远镜，

随处可搭的鲁班梯。

所谓的千里眼和顺风耳，

不过是登上过鹳雀楼的凡人。

水车和盐

华　尔

海水退下，灵魂就枯萎了
腌渍在酱缸里的蜉蝣，成了
人们调味的青春，知道

那游离在燊海井里的胡子吗
等了一千年的白渴望重生

博物馆的水车从黑夜转到黎明
又从黎明转到岁月的丫口
长在顶层的风，化身龙
的后裔，那鱼骨架起的黄昏呀
用灵魂的高贵在吟诵一粒物语

桃花是蹚过泪水的香

韩　俊

十八年少轻狂
初到龙泉
只为了在满山的桃花中折取一朵
做我的桃花新娘

今年的桃花又一次盛开在龙泉
明明知道这花儿是桃树流出的血
我开始失眠开始疼痛
埋在心底的思念
开始了再一次的远行

桃花是蹚过泪水的香
从化蝶到葬花用动人的故事雕刻美丽的爱情
悲剧继续上演扇面开满了桃花
重新拾起遗失的短笛把眼泪吹成哽咽

冰封时刻

胡　德

这个冬天突变的天气
搅动了远方的消息
多少人，在扛着艰辛
紧紧催生，过年的弦音

顶着狰狞疫情，砥砺前行
在贵州坚守两天，没有守到山的纯朴
守到贵阳的雪，怒放一夜

人们似乎钟爱那些洁白
比如漫天飞舞的雪
落下处处留白，在茫茫中
其实早已抛开，所有的花开

它让你眷恋，这样的冰点

却遗忘本该有的温暖

雪的白，覆盖着一些路

和人心的殊途

走向黄昏

胡　木

每走一步
鞋底都会与大地擦出一声哀鸣
我听到
岁月的鞭声在风中抽打

似乎，秋天也曾如此
驱赶着遍地枯落的叶子
她口袋里拖着的空塑料瓶
此刻，盛满了晚年的孤独

删　除

何　适

山道上
举着火把赶路的人
他们努力要交出夜色
背篓里的黑桃要赶在天亮前
背到县城的集市上去卖
他们想删除贫穷

晚来者

何 英

早生之句，早生之云，早生之人
易诗易雨易成器
早生之叶，早生之花，早生之尘
易翠易开易分解

你很工整。句句成文。积尘堆山。
早生之人，易夭
间距着你我的陌生。水在云的前方
或是云的左方。水，有点儿混沌
身和心。执勺，深入，走开

走开，走开。斑马线，不会管你
兀自寂。兀自稳。
走开，走开。

早生之花，易折直须折。

空了，白了。好明显的雪，好明显的洁
倒伏，双足悬空。引力波，茁壮。
超出生长的曲线。

众人拈花，不语。
你，不是你。

一块石头等着对话

何　锋

我来之前

那块土地的王

俯视属地的臣民

张口的　沉默的

喜阴的　向阳的

风口的　湖底的

活着的　死去的

英雄的传说　叠加的记忆

命里的边际

让一块石头加持

我来之前

那块石头抵住了风化

穿戴一新

许是等着我

念出它身上六字箴言

我的秋

黄　钟

一千颗心一千个秋
我的秋从方寸之间开始
手指当梳子，舒经活血
时常抚摸头上的初雪
挺拔白发渐渐变得柔软
某一瞬间，体内泛起一股暖流
每一缕白发似乎变成了一个孩子
这是很老又很小的孩子

我的秋，从接纳这些孩子们开始
让孩子们自然生长
不把白发包装成所谓黑森林
或剃成光头
也不祈祷黑发，快些，再快些
变白
让岁月馈赠的美感，满头银丝
该来的时候才来

朝天门

红　狼

朝天而开的门
在码头迎接天子的圣旨
我却随岷江的浪花
滚滚而来。与肩挑背磨
的棒棒，撞了个满怀
打湿了船工号子

参差错落的火锅
依山傍势，盛满了
鲜红的辣椒。夕阳的
碎片，在江面荡漾
越煮越红

香气和着雾霭
想拾级而上，但两碗
烈酒下肚，我醉了

而那些吊脚楼，依然
站在悬崖上

直到月亮升起来
我还在岸边，背朝天
虔诚地跪着一块礁石
不为领旨，只为
膜拜一座城池

寻　梦

惠　子

向阳坡地上，无数的村庄
已草木葱茏
新的日历与炊烟共鸣
所有幻想的喜悦都化着雨滴
洗净着渴望圣洁的人世

眼前，缠绵与愿望
在辽阔的大地和天空重叠
花海、水景、蓝天交辉
磅礴大气，静谧秀美
我热爱的村庄，正用岁月的行囊
装下一片天赐的厚重

日光中的大回湾温馨柔软
让我遁入鸣声的倦影与恢宏的寂静
用目光与春色，一点点逼退着三月

而一条蜿蜒的河流正沿着春色
义无反顾一路寻梦
引我归隐于这神秘
寻找多年以前，曾经遗落的
梦中的那颗星

陆游问花

黄 勇

放翁，你从《花间集》归来
那一怀愁绪的花骨朵
把梅花和海棠挤出一把凉水
春天无数的间谍，窃取了
你的一丝发髻，插入青城山的土地
把整个都江堰燃烧成恣意的花海

梅花的一片嫩叶，不过是空瘦的诗句
虚晃一枪的季节，在问花村盘根错节
纷飞的细雨，只是春天在调换姿势
等待远在苏杭的唐婉

川西坝子，抓一把阳光就能捏出水来
雨露均沾，问花村丰腴欲滴
枝头飞过的鸟儿，衔来南宋的砖瓦
你的胡须长出一首咏梅诗

一阵风读过，另一阵风
编制花丛的梦想。人间春色
回眸一笑

盐锅里的鱼

蒋　蓝

龙门一跃的呼啸
鲤鱼落入大平锅，吹皱一池秋波
卤水的泡沫推宽了长方形天际
鱼再也打不开鳃的手风琴

鱼渴望回溯到低微的生活
暴跳的波浪不断撕扯鱼的腰线
即将失明的时刻
长方形的星空凑然凝冻

鱼用长尾拍打钢板，阿里巴巴，阿拉巴巴
鱼看见自己骨头上的盐霜
就像锅边舞蹈的美女
回头无岸，就变成了盐柱，或盐肉

头撞南墙的鱼

把一架完整的鱼骨楔入钢板
热浪巅峰之上
鱼吐出比白盐更为灿烂的银鳞

多年以来，我经常与这条釜底游鱼遭遇
它在钢板里举起坚韧的刺
让我的未来如鲠在喉
我的全部所为，其实是一根鱼刺的穿凿

云岩寺

蒋雪峰

这座寺庙挂在照相馆的橱窗里
在这个变灰了的世界　依旧黑白分明
它的背景　两座孤峰　老死不相往来
一根铁索　仿佛脐带　链接着血缘
这唯一的桥梁　除了乱云　高僧
依旧有人　冒死飞渡　看见命运在尽头
也向胆大妄为者　偶尔微笑
那时我背着书包　上小学　还没有彩照
那时　它离我比唐朝还远　被云包裹
它神秘的气息让我想到世外高人
他隐藏在窦圌山上　夜观天象
在波澜不惊的银河里　钓想要的鱼

多年后　它的秘密裂开
一座藏经的木塔　源自宋代
一个叫窦子明的人　唐代江油主簿　辞官

把一口井　背上悬崖　结庐而居
信仰　只有放在绝境　才能独善
精神　只有经过时间的熬炼　才能凝固成丹
清代的画谱上　窦圌山　静悄悄地躺着
被无数双手　用水墨丈量　云岩寺　像被天空
挤干墨迹的一段白云　映衬着高远

为它镀金的　却只有一位唐代诗人
只需要一行诗歌："樵夫与耕者　出入画屏中"
江彰平原　盛装美的器皿　劳动者　让春天怀孕
哦　李白　家乡在他诗酒里吐艳
邀月的姿势　从此被月亮定格
杯中酒　把云岩寺飞檐上的鸟　醉成唐诗
彼时　他的笔　还来不及为庐山　峨眉山织锦
吴道子还在夔门　在惊涛中　苦等着与他擦肩而过

沉银江口

健 鹰

樯橹灰飞烟灭
在江口，我心如银锭
借这篙铁敲过的河床
选择一个点，让思想下沉
然后像星轨一般地落座
这颗通灵天地的心智
我只需用伍拾两的气度
便足以倾斜一座江山

这样蜀山蜀水的脉向
都是着鬼神仙道的笔触
随便倾下的一次渲染
便是铁血征战
便是龙虎气场
如此马蹄连天的大卷
我以名字来镇头了

而谁又将以王印压底

只想亲手展开自己的画轴
在青杠木坚硬的躯壳上
剖一副胸腔向江河
看王侯将相看贩夫走卒
看文人墨客看鸡鸣狗盗
这样泥沙俱下的内心
在河水与白银的冲刷下
或锈迹斑斑或湿滑圆润
或光彩如旧或残缺变形
一件一件现了原样
一件一件现了本真

还是喜欢金属
喜欢与生俱来的锋刃
喜欢自己的血液
可以随时凝固成金凝固成银
凝固成铜铁和犁铧戈矛
在这载舟覆舟的江上
我抚摸着这可以自刎
可以扑杀亲情的硬度
哪一滴，不可以击穿历史
哪一滴，不可以浇铸兵书

还是喜欢美人

喜欢杨氏担荷走过的气息

这十里荷塘的泥土之下

让丝絮在莲藕中绞杀着记忆

院门外，一滴叶面的水珠

掉下来，有时可以砸碎帝国

这秋浦芦花摇曳的时候

那燃烧的箭镞曾铺天而来

这些临水而生的红颜

每一支都是致命的杀器

每一个眼神

都能让人浴火自焚

该是到了思考沉没的时间了

思考一种失落

思考一种向下的分量

思考所有无法带走的东西

将身体和着刀剑与金银

沉淀到河水之下

沉淀到泥土之下

沉淀到岩石冲刷后的沟槽

沉淀到龙门山潜藏至深的几案

选择今生与骨骼相当的支点

沉银江口
沉银一段水旱从人
沉银江口
沉银一段大江东去
沉银江口
沉银一段花重锦城
沉银江口
沉银一段武阳茶肆
这门泊东吴万里船的仓廪底气
治，可以诗书传家铸剑为犁
乱，可以金戈铁马揭竿而起

我若不沉没，又有谁敢
对一口宝剑盖棺定论呢
沉银江口
面对这必须沉没的地方
这醉里挑灯看剑的眼神
此刻，苍凉如白发
今天，我沉银江口
沉下这世间无法抑制的锋芒
以金册银册的气度
留一具血性在剑鞘
睡时，清风明月
醒来，册封天地

一个人的岛屿

敬丹樱

群居动物也会落单

一只帝企鹅摇摇摆摆，从电视的右上方

走向左下方

冰层融化的速度前所未有

看起来难以想象的

恰恰是不可避免的生活。谁也不清楚它的目的地

包括它自己

——笨拙的坚持让人心疼

那个傻瓜也是这样啊

分镜头里的一间铁皮屋，他推开泡面碗

埋头写代码到深夜……

作为最孤独的物种，太阳朝升夕落永不止歇

余晖落在海面，还能隐约呈蔷薇色

催眠自己多么必要

隔着电话道声晚安也感到幸福

——而大寂寞之美并不是我们能够领受的命运

更多时候我们自渡。试着在一个人的岛屿
用孤独
搭建两个人的辽阔

百花潭，一种象征

金指尖

从诗歌亭开始

百花潭的南大门，绿透了诗人们的想象

一种深处的象征

在人心的纵深处隐藏了多年

被 2020 年的一束雨所折射的光芒罩住

说不清楚季节回暖

是一种什么感觉在游荡

就这样什么也不说，看长风变换幽灵的罗袖

卷走银杏金黄的叶

再把诗歌的名字种到第九十九棵树下

让这个季节

生长新的百花气息，弥漫百花词典

一片发光的叶子

把你的眼睑轻轻遮上

一万年

诺 苏

吉狄兆林

风要我黑我就黑
我的黑和火塘边的锅庄的黑是一个妈生的
我不说我是死了要用火烧掉的人

雨要我白我就白
我的白是绕山的游云白给太阳看的那种白
我不说我是死了要葬在那山顶上的人

为什么我的眼里不含泪水
因为我的名字叫诺苏

旧事重提

吉树奎

那时，母亲用废弃的报纸糊窗
一张脸，遮住了另一副面孔
一层又一层
文字御寒。旧事挡风

风吹窗户。越吹越大
历史或者过往
被风的手掌，掀开了窟窿
文字，连根拔起
曾经的叙述东倒西歪
很多事，漏洞百出

旧事，在那一扇窗上
拐了一个很大的弯。此刻
我只是写出了风的呐喊

吃　蛙

贾勇虎

他从餐厅走了出来，额头冒汗
步子有些蹒跚
他感到腹中似有头猛兽
正剧烈地撞击
病，发自一道主人上来的菜
热腾腾地
一看是一盆田鸡
这地老百姓大都叫它蛙的
还有叫"美丽天使"
他瞥了眼那些娇小的雪白身子
在一盆滚烫的油，红辣椒中
像看着一群小人舞蹈
不知怎的
胃就痉挛得翻江倒海了

主人送上一盘西瓜

他也不吃

说蛙和瓜

都受不了

按理，上月才做了胃镜

体内无大碍

缘何发疼呢

思来想去，只可能有一种病因

腹中这头猛兽不是别的

是灵魂

正冲撞着

一根引而发颤的神经

火车开过金沙江畔

霁　虹

绿皮火车
从隧道里出来
响亮的汽笛声
把江声和空气里的热浪
一层层推开

我想起来
曾经一个酒醉的奔跑的汉子
也是这个样
他的头上顶着一团火
把空气都燃烧了起来

奔跑的时候
物体和人
没有什么两样

就如同这里的乡人
他们潜意识的认知里
神话和现实没有区别

肉　镜

举人家的书童

我看到的你
不是你
而是一面镜子中的你

我既是这镜子
也是镜里
不停给你化妆的人

大　雪

景　心

身体内部的水，醉于风吟
蒸发，升腾，凝结，以翩跹之姿
重返人间。于鸿蒙无际的时空
诠释生命隐语。倾尽所有
只为自由，或曰悲悯

逆旅而行，不断洗刷内心羞耻
我只想，做故园的一枯荷一剪梅
或藏身于千年《雪霁图》。作一片
王维或黄公望笔下，偶然的
慎独的雪。洁本质来还洁去

我的心里突然有了许多力量

康宇辰

我的心里突然有了许多力量，
在渐渐落日的成都市区，虽然生活的想象力
终于高不过那层层叠叠的网：电力的、
人际的、经济的，但我已有决断。

孩子们在傍晚的塑胶跑道上训练自我，
在灰色的当代里，他们是孩子。
许多花绽开在疫病边缘、核排放边缘
或战争边缘，在时代的不安里它们是花朵。

我心里再次不能不爱这一切生存者，
一些大词，被人轻蔑，但只有诚实的爱
可以成立一些大词。一些乌托邦
伟大、悲伤，它们把世界经营给一些善良。

善良是弱者的品德，善良多么接近于悲伤。

我在黄昏的窗前看川流不息的人和车，
要多么好的人们才经得起许多诉说？
我捧起灵魂，他未曾亏待，昨日已是宝藏。

故乡鸟鸣

孔令华

山还是故乡的样子

潦草、随意

植被卑躬屈膝几十年

已遮天蔽日

鸟鸣从叶片间倾泻下来

几声轻描淡写

几声怨声载道

知是故人来，加倍埋怨

有几声最不能忽视

如从墙壁掉下来的铁钉

钉着我的歉意

有几声不鸣则已，一鸣惊人

如子夜的锯齿

惊醒黑夜吞没了的人

有几种鸟鸣如邻家的小屁孩

胆怯的躲在树林里

人少了，鸟多了
仅遗的几缕炊烟
也是乘着鸟鸣，飞起

燃烧的枫树

孔兴民

燃烧的枫树
一转头，又望见了那些枫树
燃烧在高楼的阴影中
枯萎的美，被风一片片吹落
美不会过时，过时的是它存在的形式
自然的语言，深奥又浅显
一扇窗，还亮着灯
阳光不可能把所有的地方都照亮
总有一些人，活在白昼的夜
活着的意义就是活着
落叶上，生命的路线清晰可见
你的路过，踩痛了谁的记忆
时间到底是什么
我们失去的，都在"从前"这个词里
你停下来，不再叙事
在这深秋，像枫树一样抒情

每一座荒山都有名字

空灵部落

汽车在甘南连绵的荒原

穿行。每一座荒山

都有恰到好处的名字

穿过一个隧道

我就读一次。我已忘记的

风在读、月光会读

还有无数的荒山

横卧在那儿

只有极少的荒草

在盼望鸟带走种子

方圆十多公里，唯见到独处的乌鸦

还有几只秃鹰用翅膀

驱逐灵魂

试水的几种方式

梁 平

以为指头伸进去
就略知一二
可举出颠扑不破的佐证
叫作一叶知秋
结果知秋的树叶躲了
季节变得不伦不类
全然不知

放一只蚂蚁在水面游走
算是心里有数
乡下见过的斗碗
一碗下去就是海量
尺寸自己拿
深是一种感觉
浅也是

看见一艘船被鱼吞掉
而鱼不见了
彻彻底底不见了
只好离水远点
依靠想象测量水的深度
后来听说那鱼搁浅在岸上
成了蚂蚁的佳肴

水的深浅是永远的谜
试与不试一样
解与不解一样
所有的努力都是为难自己
高估自己
没有人能够站出来说
那水，可以一眼望穿

挪威的黄金鱼

李自国

披挂一身黄金铠甲
将波谲云诡的风云抵挡
它一心要伸出玻璃缸外
寻找那身自由式滑雪的鳞光

一尾名贯北欧的黄金鱼
把它一生的流窜与荣耀
藏在自己的金鳖下
鱼缸已成为不能囚禁的锁钥
它开启神和英雄的四界之门
屋子主人命运的追逼
成就了一尾尾昂首的黄金鱼
蘸着拉丁字母的海水写诗、作油画

黄金鱼来自异国他乡
它金发碧眼，背上的雷声

宛如忧郁海参，身材渺小
却翻阅回归偌大的海洋咆哮
而屋内闪动出人影，牛高马大
却被黄金鱼梦中栖息的一只天鹅
捆绑一片挪威森林的月光

布

李龙炳

布长大了，抱着自己的名字睡觉
包裹着马的蹄声又梦见江南
布自己温暖自己，布，一个穷人
一生只有一件衣裳

一场雨一直在跟踪我的脚印
我的鞋是布鞋
布鞋湿了，人还在布上飞
我的翅膀是张开的剪刀

布长大了，包裹着成吨成吨的钉子
开始和时间赛跑
布里面可能是吕布，布外面可能是貂蝉
我坐在你的对面，布在我们中间

再大的布也会漏下现实的指纹

当太阳暴打一粒种子
当种子消化了我的鞋子
当我赤脚踩着玻璃，布把我抱得越来越紧

下午的雨

刘泽球

雨声在冬天的玻璃上响着，就像
孤独才会让世界寂静，如果雨水
就代表孤独，它们密密麻麻地
落下来的响声，都会进入一个人的身体
它的重量不会超过 10 克拉
恰如一支烟燃尽后损失的重量
生活会有很多平均数，雨水是其中之一
但孤独不会平均地分配给我们
对我而言，孤独一直寄居在我身上
有时轻，有时重，就像另一个我
我没想过要把他驱赶出去
他时常代表我，在我睡着的时候
去跟梦中的人会晤，说着不一样的语言
我白天无法说出的，那更像真实的我
他不应该在白天到来
但雨天的下午像黄昏已经迫不及待

他走来的脚步跟雨点一样
那么多雨水融合在一起
就像孤独的人和幸福的人拥抱在一起

再小的身体都是一座寺庙

吕　历

再小的身体都是一座寺庙
驻满心神
光是唯一的菩萨，负责雕刻

尘埃在时光中钻孔
隐形的齿轮，拨动嘀嗒的心跳
万物皆是时光的材料和产品
时态即命运
浪花是车床，负责刨铣，抛光

人如多骨的芒刺
随时都有被拔掉的可能
但时光不是镊子，时光是存在的乌有
囤满了空洞的噪音

再小的身体都是一座寺庙
种满开花的菩提

本命之年

李　铣

很多事情皆起于偶然，而时光不是
我在睡眠，时光必然溜走
醒来，已是本命之年

"我欲乘风归去"，高处有暖有寒
熟睡中的你：不知春来早
——我闻鸡起舞
刀剑斩断过往的乡愁
和与世界的距离感

你的赞美是爱，回馈拥吻时
丢掉燃烧一半的香烟
另一半，投入流浪的瀑布、怒放的喷泉

亲爱的，时至今日
初恋像游蛇一样缠绕我

又像归根的落叶，甘愿被践踏
美好而永久的抒情，喊出痛感

打磨一块生命的磨刀石

春天的交响

李永才

枝头上的春天，说走就走了
围绕三月的命运
所有的花朵，都以乐章的方式呈现
各自开放的节奏
一会儿是桃红柳绿的 G 大调协奏曲
一会儿又是落花流水演绎的
D 小调奏鸣曲
一个乐章延续到哪里
与你相关的风，就吹向哪里
在叙事与抒情之间，琴弦可断
而季节的风光不断
像一个历史的新客，沉湎于命运的交响
可以在回家的路上
顺手牵走落日，但必须用一生的蓝调
守住一场旷世的风尘

在某高端理财私享会上走神

李　斌

会场宽敞地容纳下
缓慢走进来的各色欲望的心思
灯光随音乐的激昂
闪烁在脸颊
像兴奋浮在矜持面上
点心摆放的精致
等这些穿着精致的人轻轻捏起
我找到自己桌牌的位置坐下
掏出诗稿审读
主持人分享着肥得流油的财富故事
把我腻得头晕眼花
讲师是根小小的火柴
在财富的皮上一划
听众们便燃烧得赤裸裸
话筒一个接一个地传下去
他们在响亮地理着财时
我在默默地理着一句诗里的一个词

一片雪花总是把命里的冷存在纸上

黎　阳

命总是比纸还要薄一些
雪花的重量，只能轻轻地
留下一滴温暖之后的泪痕
这比什么都重

雪花的融化，不仅是矜持
还有保守，他们飘荡在岁月的深处
在所有被风刮走的痕迹里
雪留下来的冷一直在蔓延

那些被阳光带走的炊烟
和草房上摇曳的枯草
都是雪的命，这命里
阴阳和五行只是算命人的标识

没有谁可以从命里取出雪

那些被雪掩盖过的白菜
和深埋在土壤里的泥腿子
不是萝卜就是土豆

一片雪花落下来
所有的收获，也就进了尾声
这是最好的一道幕
隔开了少年的懵懂和青年的忐忑
在天命之年，痛快地下一场懊悔的大雪

把自己没有清算的命
盘点清楚，该跪的跪
该还的还，还不完的留给大雪
留给所剩不多的春天

驷马桥，绕不开的话题

龙　郁

虽然早就没有桥了，或者说
桥与路已合为了一体
但这儿仍然叫——驷马桥。是上京者
绕不开的话题，绕不开
司马相如，绕不开——
那句：大丈夫，不驾高车驷马
不过此桥的鸣誓……

我曾在这儿的一家工厂
工作过，在砂轮上打磨思想和文字
并由此出走，为缪斯女神
鞍前马后效力。所以才深知道
驷马桥的过往和今昔
有桥无桥，这儿都叫——驷马桥
而沙河就像一条玉带，系在
成都的腰际。只要你出北门就绕不开
关于一座桥的历史……

2022 年中秋夜

黎正明

和所有居家成都的人一样
把家乡的月亮
父母的月亮，唐宋的月亮
李白的月亮，东坡的月亮
都想瘦了

这是一个静默的中秋
月亮被关在门外
失眠的心事铺了满地的霜
慢慢地，由远及近地飘来
一些年轻人关不住的歌声
反复唱着《成都》，《成都》
赵雷当年写这首歌时
没想到成为照亮今夜的月光

我睁大八百度的月亮

探出窗外

那些歌声像一朵朵怒放的花

伸出来，像一波一波的

海浪，打湿了你的月亮

我的月亮，他的月亮

煽情的歌词弄乱我的心湖

但我还是很坚强

像一块坚硬的石头

忍住了半生的泪水

这一夜，我想去一趟遥远的新疆

采摘一朵棉花

再去大熊猫的故乡砍一根竹子

做成世界上最大的棉签

在我准备把月光盖在身上

抱着月亮睡觉的时候

给月亮测个核酸

礼 物

鲁 娟

傍晚时分
祖母坐了下来
老态龙钟的脸转向我
"谁也不能替你在这条路上，
必须自己去走"

"每一寸光阴正等着你爱
而你总落在后面或跑得太快"
"你在哪里，哪里就是中心
不必苦于外求"

叙述缓慢
词语复活
什物锃亮
从她的手中慢慢理出

"给你，
这些历经痛苦和艰辛浮出来的，
是黄连是苦楝是甘露是蜜汁，
是由黑暗转向光亮的全部！"

归山记，悼空瓶子

李 敢

喝光水之后，在空瓶子上插一枝花
喝干了酒之后呢？我们就在一个空酒瓶子中
装满风声，和一些鸟鸣
透过一个空明的瓶子，我们看见黛青的远山
白云在一个空瓶中像棉花一样

核桃落空山。山里有汉子，在核桃树下抽烟
喝烧酒。那浑朴的原生的
野腔野调，在一个空净的瓶中回鸣

诗的忌语

龙　克

诗，关键在于诗意，诗境
写多，写少，不重要
能把花朵种植在骨髓
能把大地手捧在掌心
能把疼痛幻化欢乐
这，就够了

不要说老子天下第一
你只是一个词汇罢了
甚或一撇一捺

不要高高在上
不要狭隘到容不下一粒沙
半点尘，三分之一的埃

星星在头顶闪烁

花朵在路旁盛开

夜莺在窗口啼鸣

这是一种缘分，幸福

不能陪你到底

但，在路口垭口

会有稍稍提醒，哪怕

一根手指，半个眼神

游 荡

伦 刚

在雪峰下格桑曲珠家的牛房喝了两碗酥油茶

双手伸向火塘，久久地一言不发地盯着火

而后我起身溜出去

绕雪水溪流很远后过独木桥

进入三米高的灌木林，经过圣徒泽仁德吉的牛房后

右手抓住腰间藏刀的把柄

刀在鞘里惊恐地跳动

天色幽暗，无人区的荒野下起了雪

一只独狼不可能攻击人

群狼的唾液可把我淹没把骨头化掉

我爬上乱石，跳过小溪

有个无影无形的猛兽在我的前后左右腾跃

我跌了一跤，爬起来

风雪汹涌扑击，在我被遗忘时找到我

我拔出藏刀，站定，挺了挺胸膛

寒气钻进身子，瞬间撕裂我

我转身，向着来路
有一把长矛戳我后背
我双脚摇晃着，藏刀尖叫
我把双眼的芯子点燃
朝前把自己狠命地扔出去

游子语录

李　凯

用黄河水洗心业者

经脉涌起一层层麦浪

灶间熬粥，炕上摆桌，趺坐而食……

窑洞里走出过无数个孩子

太行山的车流、太平洋的轮渡——

一直是他们的脐带，也是记录魄力的光盘

我则不同，1485 列车载我跨过秦岭后

也驶入一封档案。封条使我意识到

我与黄土间已跨出地理的蜜月期

太快了，被乡愁蚕食的时间

是该在垂头的谷穗上系根安全绳了

我害怕因懂事而表现出的沉默

那会搁浅心中的自己

就像那苦命的黄土，在严苛的尘沙面前

说话总是那么谨慎，顾虑重重

我想大概是它从未拥抱过

海浪的缘故吧

九眼桥

李　炬

已被注册。
九眼下缓慢的风流
桥上名士，屠城后血统的质疑

九眼桥。欢娱即短暂
三次断流引发诗人怒吼
他们的酒从宝瓶口喷涌而出
他们的女人有铁色的项链

春有酒。
那些维特根斯坦，以及
偶尔出现的薇依
他们写玻璃诗，他们皈依

一江春水。锦江有雪

万里船指引东边的航向

灵魂优于思考

小姐妹们爱串串，更爱春天豪爽

梅花之命

李清荷

数梅花，我知道
每一朵花瓣，每一种或明黄或粉白
或桃红的色泽，都在相互倾听
都在相互依靠，又相互爱慕
梅花之人，有着梅花的言语

所有的姿态，都是好看的
仔细阅读梅花，我们
拥有特权，不再残缺
不再搁置命运。人间烟火袅袅
燃烧殆尽，依然是倔强的我

依然是倔强的我们，妙口吐出
预言，不再拘谨。而阳光
从树叶间，从身体里，一点点

透露，似乎是在微笑，又慢慢

丢弃怯懦，拔出心上的刺

有祝福未说出，内心有默然和慈悲

打磨一块生命的磨刀石

李欣蔓

隔着雾隔着雨
虚幻的皱纹，像炊烟
意念涌动
遇到那些无形的人
互道尊重

藏在身体中的露珠
比梦远，比羽毛轻
在骨骼上走动
在流动与静止的空白中
融化了内心的一座横断山脉
融化了悬挂在心尖上恒久的一滴泪珠

多少须臾之物怀抱暗流
打磨一块生命的磨刀石

后街记

林兰英

这条小巷被我载入史册
他的五官
像菊花一样舒展
以至于
比我更酷似半老
徐娘

他枯萎的手掌
他死心塌地的脚步
他聚满阳光雨水的衣衫
他慢慢
慢慢衰老的容颜

我这么慌乱地记载
选择爱他
站在他的肩上

看他悄悄地悄悄地
走进
这人间驿站

记忆的房
从此多了一条窄窄的
窄窄的小巷

模仿术

李　林

路过公园的时候

发现

夏日生长的事物

隐藏在蓬勃的背面

知了的叫声藏在树叶中间

这叫声让我想到

十年前的父亲

和我在山野间伐草

那种高父亲几头的草

把刀举过头顶

再高高落下

草就横躺在地面

我学着父亲

一次次把刀举起

再落下

也是在这种知了的叫声中
我看到另一把刀
悬在父亲头顶

这些年
父亲伐草的刀生锈了
头顶上的刀
悬在我的头上
只有知了
每年夏天都在树上
它叫它的
我叫我的

大 河

李又健

大河在冬天趋于沉默
候鸟偶尔会掠过我的眼泪
寒意融化，春天仿佛正在赶来
悲伤不会逆流而上，也不会告诉黄昏
一条大河埋葬的天空，是那么绚烂

当我从裤兜里掏出最后一封信
鸬鹚和骨顶鸡已经有了爱情
在河与河之间，从荒芜到繁华
那里的祖辈慢慢告别彼此
或前往南方，或手握黄桷树的种子

老川陕路上的树，曾看见大河
舟马喧嚣，一些从深秋到大寒的人
忘记了春天，忘记了祭祀土地上的神
麦穗在风中飘荡，致敬船夫手上的老茧

致敬最初的希望

那是顺着大河脊背流失的故事
古城成为砂砾，战火只留下五铢钱
盗匪，文士，残疾的士兵，推着鸡公车的脚夫
但留得最多的是水患和治水的黎民
让大河具有父性的雄壮和母性的柔情

那是前往鹡鸰寺的途中
那是白马关前，那是九顶山南麓
深深的伤痕，那是结痂后的硬度与高度
那是在临近虎年的日子，发出的第一声喟叹
好多人说，更多时候，她名叫母亲

铁

刘德路

我不相信铁会说话，但相信
它有触发人情感的能量

看它被烈火淬炼，就感慨
自己被人间洗练的日子

它架起高塔，像山峰屹立不倒
建起大厦，鸟儿争先筑巢

岁月里，它是我体内的重金属
发出荡气回肠的声响

我不相信铁会说话，但相信
它惧怕一身锈迹斑斑

尼西黑陶

蓝　晓

在高原，我在那些黝黑的身体里
听见了千年的呼吸和歌谣
它们从远古的路上走来
和着哗哗啦啦、叮叮咚咚的流水声响
在时光的转折里奔腾　沉淀

他们原本是一粒粒尘土
经由一双双质朴的手的揉捏、打磨
轻轻地站了起来
日月照耀　烈火焚烧
黑色的精灵带着神谕显现

从此，他们住进石墙木屋
住进炊烟，住进人们的生活
灵魂逐渐生长
身上浸润岁月的流光
他们波澜不惊接纳所有

竹枝词

蓝　紫

"杨柳青青江水平"，这是谁的诗句
已不重要，历史已远，已没有铺设好的台阶
可以回到唐朝。而我多想象一行诗
穿越词的荆棘来到你的面前

词语有隐形的翅膀，可以飞入心灵的寂寞
传递悲伤的低语，你可曾听见？
一朵红花飘落泥土，便是走入末世
天空风起云动，而山谷陷入失语

年龄碾过肉体，其实是时钟在空转
岁月已逝，身体成为逐渐废弃的站台
如果远走的背影是言辞的一个错误
那是她只想藏起一个关于孤独的隐喻

词语只有碰上霜雪，才会言不由衷

譬如湖水、灯光、鸟鸣……它们形象而具体
而我是虚无，空蒙的眼神掠过山水
用一个词，死死摁住心中的欲念

成为一行诗，就是词的胜利
那是万物在孤寂中的重生又幻灭
只有一队南飞的雁阵，伴随鼓点与长笛
在乌云后面，看到了一首诗的结局

石头歌

罗国雄

石头里寄宿着莲花山
石头里倒淌着无量河
石头，能养命牛羊草木
石头，能谋生村寨人烟
石头上出生，石头下埋人的小凉山
每天仿佛都在用石头叠罗汉
望落日浑圆，是飞上天空枝梢的
鹅卵石，迸裂后想结的火晶柿
盼月满天涯，是马边河投奔了岷江长江
怀抱星空醉氧的玛瑙石，回望来处的
披毡上，那接近沸点的露珠一闪

如果你捡到一块受天真地秀
日精月华的彝乡石，能透视它彩绘的
烫金的、磨砂的，烤漆的红黄黑三原色
就能逐一解密，彩虹桥那边，云雾那边

的滚烫山水，套娃般藏着的悲喜和爱

要么世界安静
要么石头安静
世界和石头都安静的时候
你就是那个春潮带雨急的漩涡
有疼痛、动荡，和不安的时刻
仿佛心被掏空的地方
还可以再掏空一次

石头有时候也会流泪
从它摔了一跤的纹路中
取出百转千回的恍惚
你就成为人父
你就成为人母

致

林歌尔

看见你，就是
看见我的
左手和右手
读你，就是
读我的每一个
侧面的摇曳

星月，花果，墓碑，
破碎还有一碰就落的露珠
隐秘的风
薄如纸片的沉默
转弯的河
雪花般的骨头

窗外的人

洛迦·白玛

整整一个白天，他
独自坐在那里
在高于十一层楼的窗外
操控塔吊的长手臂
模仿一次又一次的飞翔

前世的他，应该是一只鸟吧
在轮回中遗失了翅膀
就像那些存于人世
遗失了尾巴的鱼，和
遗失了鬃毛的马

想来，这其实也并没什么
时时忧伤的
生活本就长满剪刀
每个人都被剪着剪着就变老了

最后一刻
上天终会把剪掉的那部分
还给你

不说过去

李金玉

把自己藏在小时候
不出来
等了好久
找我的人都离去了
我失踪了……

窗外已没有昨日的阳光
只有鸟鸣
把我呼救的声音录下来
它不知寄往何处

四季常来常往
将过去搬来移去
藏身之地越来越模糊
人烟稀少
过去不见了……

不说过去
因为没有过去

外面一片死寂
听鸟叫声把日子惊醒
说出我的藏身之地

喊一声文君

李 汕

喊一声文君
月亮立刻走出来
刀片一样的白
划破夜色裹挟的云层
总有一颗心在光影之间
隐隐作痛

今夜漾虚楼人去楼空
琴台爬满灰尘
每一粒都想拨响琴弦
为凤求凰续上美满的结局
月光也会被打动
落满一池清凉的泪光

有人说月圆之日
有缘人会夜夜归来

我对传说深信不疑
牢牢守住两千年前的古井

等待那个汲水酿酒的人

喊一声文君
我就回到了西汉
那个夜晚
我们永远　纪念着

童年的小火车是一缕颜色

刘月静

一缕颜色在跑
太阳的手指摁不住，它跑
月亮的手指摁不住，它跑

穿过麦地，穿过油菜地
它跑
穿过山谷，穿过风风雨雨
它跑

在巴地草的叶叶上跑
在喇叭花的藤藤上跑
在母亲的织针上、在
我暖和的毛衣上——它跑

最美的歌谣

林　梅

今生的某时，或前世的光阴

像天籁，充满宁静的铃声，如雨淅淅沥沥

唱歌的人站在高岗

酣睡的牧羊人，岩石的缝隙里积攒了

太多想象。他在梦呓："等到月亮长出了青青草地，

骑马的人儿，一定准备了众多的黄金乐器。"

小院写生

卢晓林

傍晚，奶奶从地里归来
新摘的果实和遗落在人间的阳光
装满了打补丁的包袱
身上沾着泥土，脸上映着霞光
仿佛自己也是收获的一部分
她开始种植自己喜欢的植物
却已经不再年轻
我们坐在凉爽的晚风里
啃食香瓜
西天的醉意，越来越浓
她唱起了歌，在小院里回荡
落在手上的夕阳
也被我们吃进了嘴里

一路无风

刘雪燕

南河，以一杯酒的形式当垆
杯底的余温
浸润出一座城的诗意

琴音窃走，一寸寸光阴
满地落叶，每一片都是轮回的叹息
如汛的分行，让一口井
醉成了文字

屋檐的灯笼，在等待黑夜
照亮私奔的路线，还有
空荡荡的码头

她依然楚楚，往前一步
便有了一万个心跳的理由
去邛州，也有了一个浪漫的说辞
一路无风

成长史

刘十三

切割机的齿轮，一点一点
抚摸着它的酮体。或是
主人不满意其构成，或是
设计师预谋已久的
诡计。嘈杂声充斥了所有
——吱吱吱、呜呜呜
轰隆轰隆。哀号的背后，是
每一个家庭的成长史。

元宵以为

绿袖子

一只兔子的想象
比一枚词的抵达
且轻。且慢，慢了一座山头

再看它掌纹的迟钝

落后于月光下的油麦菜
白萝卜。小猎物。野餐

玉烛也可以用来应个急
我念及它念了很久

在这之前我知道你是
擅长榆树取火的
它利于花开，春暖
同时，调和雨水

更利于在微暗的缝隙中见到

一丝丝光点

借着这光点我们可以谈论

车。马。邮件。春雨。沟壑

……

谈论你所说的夜航船

谷　雨

龙滩渔翁

我掂量
形容词太重，花
入土为安

我捡到几个词在春的墓前
我听到布谷鸟声音里的鞭子
和牛蹄下的风
摸到鸟窝里的蛋和一轮
破土的月

我用谷雨冲泡明前茶
坐在季节的门口，看
季节的风路过
我在竹林中听雨
在雨中听笋
在笋中拔节

我在青苔里寻找森林

在阳光里寻找影子
我，坐在心里寻找自己

老 井

黎二愣

老井，小之又小

小成一个村子的缩影

发达与衰颓，壮硕与衰颓

八百年的村庄

老井静为止水看着

不兴风，不作浪

每一滴主张都注入村子

如血液，巡逻身体的善恶

老井，小之又小

借天空飘入的云朵

揩抹井水的清亮

村子，便有了虔诚与敬畏

人们的每一次汲水

都是深深的弯腰，或真诚的下跪

月 亮

蓝 帆

谁把月亮打碎撒在河上
一张染着夜色的床摇着梦想
把潜伏的时光送向渔火

静谧时空纷繁畅想
无法合成身后苍茫
停泊在岸边的邮轮
被黑暗伏获
无法驶入前世

看不清面孔的卦象
在混沌中打坐
密集的天书
不知为何满纸忧伤

米　兰

刘　宣

客厅里的一株米兰

隔几天，我就会给它浇水

每浇一次，米兰就会

张开米粒儿大小淡黄淡黄的

脸，朝着我

微微笑一笑

每次浇水之后

我都会清扫米兰掉在地上

指甲盖大小的叶片

和那些散落的花粒儿

它们了无生趣，枯萎，脆弱

米兰不忍心低头

看，这些归不了根的枯叶

和飘散的花魂

我用手中扫帚默默清扫

仿佛，我一边清扫米兰的落叶
一边清扫那些凋零的命运
和逝去的青春

在冶勒湖

马　嘶

暮色中有黛、有鳌、有缟

有彤……湖水漫向群山

近乎天堂

彝人兄弟埋头宰羊，寡言

旷野幽暗，人们矮于火苗。羊倒挂

四蹄剑指星空

剖开的胸膛冒出缕缕白烟

但它一直努力保持着羊形

我们形骸放浪

不成人样

手中浊酒，洒向湖面

那一夜，醉后大词用尽

清晨离开，羊骨成堆

像座小小的土庙

我深鞠一躬，不敢人语

渠江行

马道子

渠江开阔，水以看不见的力量覆盖
四季、动植物和死亡。白鹤穿行风雨、雷电
背负孤独、旷野，一对翅膀
飞翔宕渠大地，萱草丛丛
仿佛一部忘忧的经书，潺潺的江水流过
明亮我的眼，蒿秆上
流出竹枝歌

我的城，我的坝
也是我的话。前方的路是汉砖铺就的
是卵石铺成的，我的眼是经书上的两路字
从黄花香气中转出巴渝舞。一路疾行
谁都可以听见：黄沙飞扬
永不回头，孤寂越过了生命
远途的风穿在了我脚上

我在渠江之上，在尘土之上
在石头和骨头之上，在生死依恋的家和国
在苍茫人间风雨兼程，凡人不平凡
在宕渠黄花摇曳之姿间，尘世无忧愁

2022—2023
四川诗人双年诗选

我的二维码

麦　笛

人到盖棺时也很难定论
自己说不清楚，别人更不能
最简单的办法是，死后请一个匠人
把曲折的命运雕刻成二维码
算是我留给世界的最后一方印章
形状必须是祖屋窗棂的样子
镂空的，百年之后
就把二维码安放在我墓碑的正中
扫墓人一眼就能扫出阴阳世界的五味
扫完码，不忍离去的那位
估计是我的亲人，也可能
是我的敌人

清明时节

弥赛亚

闭眼后还在眼前晃的东西
已经不多了。
从枝头到鸿沟，桃花随水流。
啊，他有一丛骄傲的花白毛发
死后自会长眠。
一世一界，清明纷纷
小路上走着更多的活人。
我们从雨中取火，从归途找来路
细雨冰凉，崭新如昨
眼看着纸灰飞起，然后落地
其中经过多少波折，闭眼后全然忘却。

遇见一片树叶

蔓　琳

在花楸山
天空湛蓝
每一缕云雾都想表达
一片茶叶沉寂浮腾
它的天荒地老
是炼狱后的重生

用水的柔软贴近夜色
月光洒下或者被藏匿都是意义
山林寂静
它们偶尔也会
与春天说话
谈及竹林、天下第一圌
以及凤求凰的爱情

而此刻

以梦为马的人们
在千年的古茶树前停驻
竹上花楸的树叶被夜色浸泡
月光天衣无缝
被一首诗喊出来

中年辞

眉山阿恒

像一条河流。静静穿越大地
没有闪电和雷鸣。清风徐徐吹过山峦
路边的野花早就开过了
正午的阳光，出奇安静
树上的果实还在回味一朵花的芬芳
她的青涩，与绿叶融为一体
这是一棵年轻的李子树
如今在我中年的河床扎下根来
秋风尚远。翠绿与枯黄相距一个夏天
我的四季，春天已经耗尽
一些激情，颓废在世俗里
偶尔被酒精刺激，或让一支香烟唤醒
把所有的阳光和糖分
交给负重远行的大儿子和跃跃欲试的小儿子
然后偏安一隅。努力做回自己

夜声，或其他

马勋春

什么都没有了
窗外路灯指明的事物
此刻皆在黄昏之后
第二次衰老

什么都没有了，高楼和远山
同时失去人烟
拾荒者翻空垃圾桶
捡走了月亮、星子以及
其他先占先得的苦楚

黑夜就这样开始折磨我
流水的声音暗藏撕裂的疼痛
虫鸣提醒我，世上仍有弱小者
只能躲在角落里发声

桌上的书，风又翻开了一页
我知道它只是在选一行
喜欢的诗句
捎去远方，给一滴晨露
做坠落时的祷词

一枚柿子正红得令人胆战心惊

孟 松

我不知道，是否是年龄越大

忌讳的东西就越少？

现在，年过八十又三的母亲

越来越多时候

在我面前，说起有关死亡的话题

前段时间，她给我说起

老家的吴经亨死了

就埋在燕子坡他家背后

邻居同表叔也脑出血死了，埋在复兴寺那边

昨天，她又给我说

她的发小刘正清也死了，埋在了柏溪公墓………

她说她死后，老屋旁有一处好地

埋下后会庇佑儿孙

做生意的能发财，工作的则会升官

当时，说起这些时她一脸平静

而人间白露已过的秋风中
老屋门前的柿子树上
我看见，一枚柿子正红得令人胆战心惊

棒托寺里的石经

牛　放

花掉两个朝代

才给茸木达

十万片没有身份的石头

正式颁发书号

《嘎木绒》和《甘珠尔》拆卸下来的藏文

刻入石头的正面和背面

从此，石头的重量就是经文的重量

遴选的石头就这样入了佛籍

锋利的刻刀和敲击的锤子

清楚每一颗字符的深浅

每当经文的锋芒在石头上剥离

声音就一直在棒托寺弥漫

石头按经文顺序

一页一页整齐地叠放起来

此后，庄严的石头有多安静

经文便有多安静

只是不知这些厚重的经书读者是谁

如今，露出地面的石经成为墙壁

残缺得犹如被虫啃过的书籍

试问，谁点化了这些石头

或者，谁又被这些石头开示

寺外菜花开成潮水

蜜蜂沉湎于色早已不能自拔

而面对年年来去的春风

棒托寺里的石头竟然漠然得无动于衷

美人茶

倪宏伟

品茗，品一种醇香盈舌的滋味
拂去尘世的纷扰
女人的一生，都在缱绻的茶水
缓缓起身，舒展
仿佛移动的舞步，绕过春天
有些事物离欲望很近
情感的本质，就像一片浓缩的茶
在遇见女人的杯子里
抬高视线，或者转动坐姿
美人卸妆的夜晚
还有谁打着灯笼，在茶园等候
然后端上杯子轻轻啜饮
用岁月沉淀

进入构溪河

南鸿子

适合放空全部忧郁
探行。拿一颗素心盛装溪河、杨柳、白鹭
以及无思无邪

没有包装的湿地不懂爱情的伤害
任水草漫过河堤，任河堤卸去伪装

水卷走流沙，藏不住青山绿树
白鹭用内心的匍匐丈量河水的镜面
垂柳掏出柔指安抚世界的空白

钓者独坐。把水里的天空一再看透
紧握一根黑色杠杆，撬动
意念的浮萍
白云吐出一条红尾鲤
倏地。搅乱了岸上虚构的风景

父 亲

欧阳锡川

蓦然回首，扶犁的父亲
把岁月酿成银丝
挂满自己的头顶
我想起了父亲
一个真实的农民

我抓一把泥土
准备回家
就看见从中午开始
父亲喝着清水
与土地对峙着
只有沉默的语言

在某个夜晚
轻轻地怀念起父亲
土地，还有那把锄头

以及炕上父亲留下的汗渍
像合上一本不可忽略的书
合上双眼
父亲"修理地球"的节拍萦绕……

在风尘中沉默着一个浮世的眼神
一个脚印两颗星星
走近墓茔

找到了秋天
想起了我的父亲、母亲
想起双亲
记起了锄头、土地
想起父亲的腰变成弓
想起父亲的脊梁和握镰刀的手

清明草

偶 然

饱满，葱郁，浩荡
这每一年重复的绿，重复的
密密麻麻，细碎的忧伤

它并不藏得很深
时辰一到，它会忍不住打开呼吸
吐出絮状小黄花
顺势将风染绿，将周围一切物事染绿

现在，坐在一株草中间
我确信某个瞬间，我同它是重合的
譬如，这个春天
我们一起垂下体内绵软部分
掐掉所有杂念
祭奠逝去的落花，流水，鸟鸣，嘶语
以及生命中被摘空的，硬生生的疼痛

灯　火

蒲小林

飞蛾扑火，说的是一只蛾子
未能从一盏灯上闯过去，灯火太险峻了
对一只蛾子而言，火苗就是绝壁

最后闯过去的是黑暗，它片刻不停地
撞击油灯，直至把小小的火苗，撞成一个
窟窿，才侧身穿了出去，但刚刚穿过
它就发现，偌大的白天，竟然是灯火
给它挖的另一个坑

武侯祠记

彭志强

大门，是诸葛亮的身份证
大匾，又是刘备的户口簿

门前照壁，这个副本不能轻视
在于它才是三国遗产的看守者

照壁之外的水泥路
就因水泥不识遗产，才吐不出远方

反复碾轧的时间多是变形的烧饼
解决不了问路人面黄肌瘦的问题

越来越多的汽车参与了我们的大生活
却无法参与北伐的蚂蚁回家这类小事

两尊石狮装聋作哑，其实是行明礼

它们心知肚明英雄帖里寄居着小人

无名无姓的风往往选择在路上修行
是因方音消化之后，便不再是方音

哪怕是误入照壁之内的风
也得听话地蜷缩在门前石梯上

只有剃光头发的风
才认得武侯祠大门，撑着汉昭烈庙的门

尽管香火管理的蜀汉脾气依旧火爆
清朝人打理的硬山式建筑仍然硬气

据说它硬就硬在不怕火
三百余年战火，真的就阻断在大门之外

观酒辞

彭　毅

我不善饮　并不是对酒有敌意
而对它和海量的人
有种天然的敬仰
每当穿过朦胧的烟雾
看到世界与人性的 B 面
绕过日常的装腔作势　见到真实

人生怎可以轻易服输
无常才是常态
只有把混沌的生活翻转过来
举起杯　拐过弯
才能与自己握手言和

慈悲　本是人之本性
岁月的长河锐角锋利
要多少次跌宕起伏、刻骨铭心

才能把自己打磨得圆润光滑
要用怎样曲折的方式
才能把日子灌醉

能背千斤之重
必有能存千斤之体魄
能享千金之惠
必有能存千金之德性
我尚不能饮　必有改善之距离
虚荣　贪婪
怎能请回心中的神

通往酒庄的路上
我一路摇摇晃晃　拐弯抹角
人生不就这么回事么
拾级而上　到达山顶
入夜　天宝洞上　脚踏群峰
我　一个酒的旁观者
观灯火璀璨
乘着酒糟的芳香
昂首　禅定

好吧，我们聊聊曹家夫妻树

彭　燕

四百年的开花，结果

那些根茎里的水，叶脉里的雪

以及波澜壮阔的前世今生

将一份爱储存在了曹家

那些失意离散的情人

只需要到树下站一站

心就会止不住的战栗

抬头，梨子的好意很明显

连同被爱照着发绿的野草，低头的小花

逼得人闭上眼去听风的声音

听两只蝴蝶抖动着翅膀

从草丛里蹦出的音符

来不及让思念更重一些

更多的梨子就落下来

奥克兰：生死推开的海岸线

秦　风

都将消亡。包括在我眼里手里

体内的你。无论真实，或者想象

都将不辞而别

像突然的死，意外地撞上了我

以及彼此为避难掩藏的孤单

存在比活在更陈旧更长久

比死亡更沉默，比沉默更破碎

这逐水的海岸线，一种生的偶然

撞上一种死的意外

我与世间隔着苦难之海

我与自己，在意外之外一见钟情

你是我珊瑚心底斑斓的暗室

被误打误撞的水草曝光

看不见有谁，看不清你是谁

谁，正掀开自己，拍岸涌来

原谅所有炊烟一样的仇恨

秋　深

凉风垭的风弯来拐去

吹热多少农家的春联和窗花

吹皱秋冬的草垛和多少回离别

吹透汲汲草的童趣和桉树的皱纹

村庄的麦苗绿了又黄

像是一个人漂泊在外的思念黄了又绿

我和这块菜园对白

青菜的青　白菜的白

是谁在冬夜的梦境里盗走了我的青丝与白发

仰望小小的冠山，我与一块石头不期而遇

想起几个石匠

在钢钎弯曲的弧线和抬工号子中渐次苏醒

冠山不老　岁月的潮水经历过多少汹涌的忧伤

又唤回几只青春的麻雀

我与一根竹握手
冬去春来　它坚守初心原地不动
原谅了村子里所有炊烟一样的仇恨

老屋像一只受伤的大鸟

其　然

老屋依旧像一只受伤的大鸟
有少许微弱的呼吸，烟囱
不介意流水从老屋背后走过
滋养着无数从前的旧事

老牛已经很老了，拖拉机
被挂在烟火熏黑的墙上
用作抵门杠的锄头
依旧雄姿勃发，但土地
已经失去了做爱的兴趣

沉默，沉默其实已经不局限夜晚
就像那条硬化的村道
许久，都难以留下一个完整的脚印

睡 莲

邱海文

一尊瓦缸，独卧朝龙寺墙根
睡莲碧圆绣帕，染绿一汪春水
有佳人霓裳羽衣，红粉出浴
娇羞嫣然，恰似蓦然回首的温柔
点亮夏日晨梦的星空。仿佛飞仙的嫦娥
逃离广寒宫，静听尘世禅语梵音

蹲在仓山镇的古刹，面黄肌瘦
观音殿残烛迟暮，弥漫着前朝的味道

你从佛前走过，一路捡拾
台阶上的经文，素面、缁衣、千层底
宽松的袈裟下，细枝柔嫩，生长出曼妙
我不明白，青葱时光，在古�国
大山深处，为何要剪断凡根，遁形空门
用青灯、木鱼、佛珠，舔舐伤痕

清街小忆

秋　池

清街有风

飘散你的长发我的歌　还有风么

清街有雨

湿透你的脸颊我的唇　还有雨么

清街有月

纯洁你的眸子我的诗　还有月么

清街曾经是小城里最诚实的孩子

清街没有无望地凝视

失落你我的信言

清街没有醉人的风铃

悬挂你我的塔橡

清街也没有匆匆的马蹄

踏醒你我的竹桥

清街现在是小城里最逍遥的过客

什么时候呵　什么时候

我们才能并肩打清街那端夜归

二问木古

杞德荣

江西湾一过去
就走上坡路了
十一二分钟的车程就到木古
木古有古木
会理最大最老的树在木古
两棵古老的黄葛树是木古的地标

一语成谶木古为枯
木古还真缺水
很多木古人不喜欢缺水的木古
可是，缺水的木古
咋会有那么大那么老的树呢？
黄葛树过去 99 米
有一座教堂
19 世纪法国人修的天主教堂
站在教堂前

我就想问上帝
那么远的法国人
怎么喜欢那么远的木古？

故国的麦垛

冉　杰

初来乍到的风残忍地蹂躏，
挂在城墙上的一把野草。
故国很黑的夜里，灯光照亮星星。
所有星星的光芒都投向了月亮，
傲慢的月亮，很张扬但不纯粹。
一抹轻烟，在自由的天空弥散。

穿越故国的灯光像咆哮的黄河，
九曲十八弯，把最后的麦垛
缩小成一个黑点。远远望去，
像一堵墙，隔离今生的擦肩而过。

明末清初播下仇恨的种子，
天气干旱还没发芽。
残缺的落叶是一颗柔软的子弹，
渐行渐远。城堡射出的一片亮光，

像鳞片一样在心海上漂泊。
远离的帆影，成了明朝家具上的雕花，
蜷缩在龙椅上的鸟语，彻底颠覆了
四溢的花香。我的故国啊，
始终荡漾在摇摇晃晃的墙面上。
那些远去的记忆，一瘦再瘦，
瘦成了四月的麦垛。

石　磨

任朝富

亿万年前　就停止了心跳
是石匠的手
让它又长出了牙
走进堰沟里的磨坊
河水用力一冲
沉睡的它就开始复活
磨坊里就多出女人的笑声
就多出王大娘李大妈的背影
它吃山里的玉米　麦子
也吃五谷杂粮
它在磨坊里咬紧牙一转动
整个寨子都在跟着转动
每家的屋顶上就升起了袅袅的炊烟

那个秋天的絮语

孙建军

走过风，走过雨
看过你变幻时空的交舞
读过你气宇轩昂的长诗
好像风花前往的雪月
如是分秒嘀嗒的节气
纵然意气风发的天机
还将赤橙黄绿青蓝紫
聆听脉动，解读心语
便感动于一位圣哲箴言

一颗静静的籽粒
如果静静地等在那里
就仅仅是一颗种子
而她一旦落入泥土
便会升腾为无限的花朵
成为幸福为想象开放的大地

这便是我，最为真切的听到
确认，就是那个秋天的絮语
于是深深感悟，这多么不易
选择孤独，担当苦旅
以挣扎为秋的名义
做了一次临盆的母亲
为收获的喜悦
承受了幸福而疼痛的自己

我不得不仰望星空一般
膜拜这一束秋日光芒
她，在细枝末节的徘徊之间
给万物做了火炬

论喜鹊

孙文波

树叶落光的树林，喜鹊成为
最显眼的存在，它们在枯枝间翻飞，
或走在地面。除了麻雀，
它们几乎是北方冬天唯二的鸟类。
其他的，燕子、大雁，甚至鹞，
都见不到了。我总在想，喜鹊是抗冻的鸟。
是冬天最醒目的景象（的确如此）。
不管它们站在枯枝尖还是飞在寂寥的空中
（上下翘动的黑白长尾，超越美学），
都是。就是它们的巢，在树上
也特别显眼。黑的巢，像一坨铁嵌在树顶。
如果大雪降临，在白色苍茫的原野，
喜鹊的存在更加突出，完全是风景，
属于亮丽的一类。从古到今，
得到很多吟咏。我谈论它也属吟咏的一种。
吟咏中有我的疑思，为什么它不像其他的鸟，

受寒冷影响需要迁徙。它的血液里有火焰，
骨头有对抗寒冷的基因？好多问题
(比哲学更哲学)！有时，当喜鹊站立
在我的窗外。就近观察，我想从它转动的
眼睛，发现什么，结果只看到它的骄傲。
我觉得喜鹊的确骄傲。尤其寒冷中
它发出啼叫。四周冷凌，唯有这叫声，
清澈，昂扬，可以划破天地。

酒干倘卖无

尚仲敏

年关，从一个饭局，赶往另一个饭局

在车上，突然想起《酒干倘卖无》这首歌

八十年代，我有一个军用挎包

里面装着笔记本、钢笔、烟、火柴，然后是盒磁带

苏芮的，主打歌是《酒干倘卖无》

几十年过去了

在我心中，一直有一个画面

一个老人，沿途收买空酒瓶子

她家里有一个小孩，等她供养

这个小孩就是我

看你嘛

桑　眉

秋天连绵起伏的草坡
现在我不喜欢了
不喜欢一个人在坡上坐着
佯观天象，直到月亮转身
映照愁容

在春夜，我早早睡下
像刚出栏的小猪不害怕
不做梦，半夜醒来不叹息
喝点槽子里冰凉的水
倒头又睡

我睡着的时候
月光会把唇边的细绒毛揉更细
把眉眼理匀没有波纹
把睫毛上的蓝水晶呵得更蓝更透明

像你见到过的薄薄的蓝雪

——反正你喜欢或不喜欢的
她都会抢先下手摸一摸
看你吃不吃醋
看你还操着手
看你嘛

夜行者

宋光明

他们无一不是朝着光明而
步履蹒跚地向前，向前
风雨的声音掩盖了他们内心
渐渐拔节的小草和开放成
哪怕一朵小花的短暂的惊喜
还有那诡异地闪烁在群星之中
隐逸光芒的渴望与焦虑

他们若停止前行，同样可以
欣赏并分辨幽幽暗香，聆听到
五颜六色的盛开情话和
如期到来那样获得的清晨
在满纸上书写他们的权利证书

他们考量着我的智商：
——那艰难的奔赴究竟是

逃出去还是追赶什么？
我不是大地
只有大地才懂得
那无言而又执着的回响

演 习

孙梓文

一滴雨和另一滴雨，没有太大的区别
只不过，它们有的落在院坝
有的落在旷野，树林，城市大道

跋涉和流动，都是宿命
最后归为河水
如果命运太好，它们会再一次
回到天上
重新做一次旅行

我有时羡慕这些小小的雨滴
竟然有上天入地的本领
天空和大地，反复被它们演习

炼身术

山　刺

我该为父母颂歌：他们踮着脚尖
已挺过九十岁

九十余年，他们亲近过的人
有的升天，有的继续陪他们活
他们知道，爱过的尘世
越来越好，人越来越俊俏

他们一生不识唐诗宋词，不摸枪箭
乐于施善，常祈祷天降甘露。所以
天老爷回他们九窍通郁，咒恶人作死

今天，他们把自己托付给剩余的
软肋般的光阴。气盛不在，凛然全无

现在，我每天无奈看他们

一纳米一纳米练习缩身术
一微秒一微秒练习健忘
一丝一丝卸载潦草之光

面对菩萨，我无过多表白虔诚
仅在天地寂静时
为他们默念阿弥陀佛。我会在
适当之时适当之地，适当
替他们喝一些寡酒

每个傍晚都是最后的傍晚

石　莹

再一次提起文森特，我躬身于

一片蓝色鸢尾中找寻虫洞

有时候是蝴蝶的断翅，充当滑板

我们来到港口——天色阴暗。大片海水被你

装进了白色 T 恤

港口汽笛声催促我们离开

航线并没有事先确定，我的大脑里

时常悬挂着暴风眼

而你充当一座灯塔

机帆船的发动机拽动船桨，船尾在水面画线条

我的眼睛也是一座海洋

你的船会在里面越走越远，或者是回来

都被定格成一幅画面——

葡萄酒味儿在空中流逝，被咸湿的灰色充斥

刮刀比画笔更能呈现风浪

有时候它装扮成内心的风平浪静

时间不可思议地流变着：海鸥啄食我们的晚餐
它们降落在船舷上，带走一小团面包
天快黑了。小海鸥正在等它们
而我们正在等待星期五的到来
——你收回视线，从一幅油画中取出我

蝉是夏天的啦啦队

沈前祥

跑出身体的汗珠

好奇地发现

蝉是躲在树荫里吼叫

骄阳被蝉鼓吹地愈发狂热

求点凉风，人们找凉快

最亲昵手中的扇儿

走出农舍的草帽

隔着火辣辣的太阳

农户的眼睛依旧脚踏实地

关心旱涝，实际

是关心自己的一张嘴

所有的庄稼，长在土地

更是长在人的心里

汗珠至多只能给庄稼止渴

风调雨顺的希冀

那雨水，落下的可是一滴一滴的兴奋

太阳真趣

这时躲进云层里了

蝉这啦啦队，少了声音……

梧　桐

孙其安

这是一把可以展开也可以折叠的扇子
收与放都在人们的一念之间

这是一段宽阔的浅滩
钓鱼者，是围成一桌一桌的麻友
是起飞，盘旋，又落下捕食鱼虾的白鹭

茶水氤氲，薄雾弥漫在浅滩之上
扇子展开，清风徐来
镜中的孔雀在扇面尽情抛撒卷曲的花朵

而你，是一棵树
既在梧桐之内，又在梧桐之外
同与不同，也在一念之间

火塘照亮云上的日子

沙 雁

白雪落下来了，不急
太阳黑下来了，不怕
点燃一堆火塘，照亮云上的日子

当炊烟袅袅的时候，沦落风尘的蒲公英
钢筋水泥丛林间遗忘的每一粒种子
循着柴草哔啵的方向
踮起脚尖，探头探脑
库史①美酒开启，北纬30°谜一般的黑竹沟
索玛花绽放成个性鲜活的春天

核桃树梢的喜鹊同阿妈一样装扮朴素
五彩霓虹倾泻在阿妹的百褶裙摆
阿依②脸上粉扑扑的笑声
全部融化到吾吾也也③的水碗里

跟随大山彝人的粗犷在佳支依达④过年
隐身云端深处栖息的日子
我看不见你

就像最原始的爱情：闭上眼睛
闻见花香
等我们小心翼翼拨开火塘
洋芋已经熟透了

注：①库史：彝语"彝历新年，过年"。②阿依：彝
语"孩子"。③吾吾也也：彝语"兄弟"。④佳支依达：彝
语"峨边"，即峨边彝族自治县。

2022—2023
四川诗人双年诗选

半山梨宿

上官琳娜

驾一座白云

赶一场，风撕开的春天

拾一片落白，半山凹处

歌曲澌澌，从云端，唱到梨宿

前世积雪

注定你出生模样

醉意的姿势

就是今生今世

瞧你，扎满清纯小辫子

把三月搅成梨花山

我来了，躺进洁白影子

月光下沉落缠绵

分不清黑白

还有怀孕季节

只记得一阵暗香

拨动胎音

秋天屋顶，就落满

我们彼此的张望

东坡《黄州寒食帖》

苏世佐

清明的雨淋湿天下
人间悲情浇透了相思
冰冷的小屋
爱的抚慰
是墨迹的火焰点燃凄凉
黄州三年
徘徊的命运
在那座宁静的山村
庄稼的收成家人的衣食
如先生的行书充满月光
在世间拔节向上

先生久病卧床
额角布满惆怅
时光匆匆而过
千里之外

父母和贤妻的坟头

长满无助的野草

提笔书写一段时光

灵魂伤痛

风在敲打门窗

春色潦倒

依旧天涯芳草

茅屋午夜里

遍地都是哀痛与怀想

寂寞的团练副使

火烧的纸币映照墙上的蛛网

于此时天下第三行书

横空出世

字里行间

千古智慧与遐想

如今我临摹一幅

穿越时空的思念久久仰望

清明的雨思绪万千

先生之风高山水长

行书一幅行走世间千年

力透纸背

温暖而沧桑

2022—2023
四川诗人双年诗选

镜房诗

凸 凹

这些天，我只想躲进一间房子
一间有门有窗的房子，一间被玻璃镜
覆盖了六个维度的房子。我要
自绝后路，不再想、不再愿
与世界同框。为了让细胞中的月亮
等待周三的复检，我让未来的我出面
放弃了八十年代诗派领袖人物的
饭局；天府广记三部曲
摆在宽窄巷的梦酒，也是
滴酒未沾。这些天，我要素茶淡饭
清心寡欲。我要拿出
九十年代办装修公司的本事，把房子
好好装修一番，让玻璃镜成为
所有的硬装与软装，唯一的
饰词与逻辑。在这里
出门进门，进出的是自己。开窗关窗

开关的是自己。我打碎六个方向的我
却有无数个我,从碎片的雪地
与太阳中露出脸来,跟着我点灯
微笑,做一些从未做过的鬼动作
即便我怎么去赴死,都有无数个我
在我死去的地方活过来,闪闪发光

候　机

涂　拥

"前往泸州的旅客向树卿

请你马上到 2021 登机口登机"

广播播了许多遍

摆渡车再次开来

可向树卿没有出现

我们看不到一个年轻人

带着二十世纪五十年代的朝气而来

也没看到 2018 年的一个老头

挂着一小片肿瘤

颤抖着咳嗽千万遍

只有我知道向树卿不会来了

他是我父亲

2018 年 5 月 21 日搭乘天国飞机

已抵达了星辰

可我仍然喜欢听广播

一遍遍呼唤他
不敢离开，害怕他突然来了
找不到儿子，也会去机场广播站

布　谷

庭　屹

早晨我听见它。它藏身水杉，栾树，
桤木，桂花，在哪一棵树上？至今我没有
亲眼见过一只布谷。我听到它跟过来，
作为回应，那时南山垂堕，从梭草坡坡
逼仄地降下来落进溪涧。一段田埂湿润，
松软适度，蚂蚁当然在上面哭过沟壑，
泥塑空谷。一棵柏树垂伏下来挽留什么
当我又一次通往南岸渡口，鳞状柏叶，
如一片片厚实的落雪。布谷，布谷，
音节松散，它一路分发光线和青亮的
动静。竹背篼，空箩筐，那时他们走动。

在美丽的沼泽中幸福沉陷

谭宁君

一片葵花被黎明湿润的唇吻醒
你从一朵蓓蕾里突然站起
玉立的惊讶，让风瞬间窒息
俯拾皆是那神秘紫色由近而远的
笑声，缀成一袭修长的裙裾
我沉寂经年的门环，终于叩响

我不知道环佩叮当的乐音之后
大幕拉开，会上演怎样的故事
但面对美丽的峡谷、沼泽
总是不缺踊身一跃的身影
即使越陷越深
有谁，听到过呼救

那就牵手一起幸福的沉陷吧
把我们沉到生活的底部，再向天空上升

一边沉陷，一边与水和泥土交换心情
一边上升，一边将日月意念为两枚戒指
我带一枚，你带一枚
此后的日月，我们联袂书写平凡的浪漫

漂在时光里的潢

田小田

在咸和雪白之外，潢是
盐的另一个存在，蹚在
来路之中。

后来，卤水被太阳
蘸走，石头錾成的池壁上
只剩青苔像个旧恋人
还在执拗地盛开。

武东山下，我们曾看她
在时间里干渴，绝对的
静寂里，仿佛有一声
听不见的"咕咚"从池壁中不甘地跳出。

有几位女士忍不住
脱下外衣，初夏的正午

一步步被炙烤着，我们
也有了"潢"的煎熬——

在某种漫长的蒸腾里
究竟是谁抽空了我们，成为
不死的废墟。

怀 旧

谭清友

这些宽大厚实的香樟叶

适宜用来怀旧

旧事如它一样，不易褪色

且脉络清晰

尽管红色容易使人想起疼痛或流血

绿色可以用来喻示欢愉

还是觉得它比较贴切

旧事多数时候像一盏灯

你费力地吹灭

一转身它又会马上亮起

旧事一有风吹草动

就会像干枯的香樟叶

窸窸窣窣地响起

最此物

唐绪东

这只鸟在空地
已站立多时
始终保持一个姿势
偶有侧身后，随即又
恢复古怪的原状。样子很像
乌鸫，但我不大确定
不敢走近，"恐惊天上人"
看它半睁半闭着眼
大有伺机而动之嫌
长久的两相对峙
这警觉——
多像朱耷那只
从清初纸上飞身而起
移步至此的那只

我把自己挂了起来

吴　悯

走到哪里
脚板都踩不到实在之处
干脆，把自己挂起来

问题是，哪里能够找到足够长的钉子
它把我高高地钉在空中
高高地，不占任何地方，又绝不向下滑落

听崔巍唱《母亲》

王国平

一直陷落在沙发里的身姿
突然已恭恭敬敬地站了起来

此时，你手握话筒，全神贯注
深深地往肺里吸进一口气
用最洪亮的歌喉，唱：母亲
其实，你是想用最大的声音
把已远走多年的母亲，一步一步地
喊回来，喊回已搬迁多次的家

用"多"为母亲递上一张毛巾
用"蕊"为母亲搬来一把椅子
用"咪"为母亲端上一碗热饭
用"索"为母亲打来一盆洗脚水
用"发"为母亲数一数头上的青丝……

数着数着　白发就少了

数着数着　泪水就来了

作为听众，我们也在四分半钟里

匆匆回了趟家，看了看自己的母亲

返回时，个个都泪流满面

夜抄维摩诘经

吴小虫

如果可以，我的一生
就愿在抄写的过程中
在这些字词
当我抬头，已是白发苍苍
我的一生，在一滴露水已经够了
灵魂的饱满、舒展
北风卷地，白草折断
我的一生，将在漫天的星斗
引来地上的流水
在潦草漫漶的字体
等无心的牧童于草地中辨认
或者不等，高山几何
尘埃几重，人在闹市中笑
在梦中醒来——
我的一生已经漂浮起来
进入黑暗的关口
而此刻停笔，听着虫鸣

放蜂人转场

王富祥

眼前，盛花期明显衰退
两个放蜂人开始张罗转场
一箱，两箱，三箱，原先排列有序的部落
一箱一箱搬到车上，形成楼宇
车子已经发动，两个养蜂人点燃最后一支烟

当养蜂人摁灭烟蒂。上车。绝尘而去
我的心咯噔了一下。阳光坍塌
摔落一地
那些落单工蜂的后半生，会不会像我
一直在原地守着童年
一直寻找，又一直失落

雪的印记

王小阁

因温暖而消融
要走多远，将捂在手心的雪
化开西拉木伦河十二月冰封
皱裂的疼点燃悲欢
注入宇宙深处亿万光年
不息的流转
万物之上，一念之下
远方的白梅花引领时空秩序
让人间，呈现本来的模样
所有覆盖，皆为序章

对　话

王子俊

连续几天，老娘的电话
再没搞混我现在
住院和居家地址。她说，傻儿啊，这一阵
找不到你时，我就在德昌的山上，
给你点二十天了的灯。

……傻儿啊，她继续说，再联系不上你，
老娘还要在德昌的山上
再还给你点二十天的灯，
你在那山底底下要稳稳接住啰。
……我说，要得，老娘。

九月不是一个公园

王学东

九月不是一个公园
从一座桥上眺望杨柳树
沉重的疲惫在河边荡漾和招摇
只有大地上的欺骗和交易
如河流一样涌动不息

九月也不是一个女人
摆弄着一个麻木的数码相机
只有她洁白多肉的背部显露
引动一双双目光注册和登录

九月除了干涸和污染的阳光
我的眼睛中同样的是一潭死水
漂满了陈旧的树叶和苍蝇的尸体
空气中无聊的激情在发芽开花

冬 至

文佳君

冬至的前一天
我和朋友去吃烤羊肉串
这是习俗，冬至的都江堰
乃至整个川西坝子
吃羊取暖，怜羊生命

大家有一句没一句地说起你
说起上一年你买羊肉在家里
烧汤，烤串
大伙的欢喜

晴冬至，年必雨
这是长辈的话
今年的冬至刚好有阳光
来年应该是雨水过多吧

冬至，想起你，老婆
所有的雨该下就下吧
包括一生的泪

夜 色

吴宛真

可以肯定的是，它掩盖了一些经过
行人。车流。几句有始无终的话
路边的树，傍晚落下的化

不是一点痕迹都没有。
比如今晚，月亮出来的时候风忽然大了
我听见一列火车经过城市边缘
气流。门锁。一棵灯芯草又黄又瘦

站台是旧的。咳嗽是旧的
湖水是旧的，平原是旧的
风是旧的。人间是旧的

这些平白无奇的旧物什
在月光下一点点摊开，晾晒，喘息，复原

夜色多慈悲啊。一次次掏出身体里所有的灯火和钥匙
告诉你此刻身处何地，回去何处，将以何种形式
摊开活着的行李：清洗、打捞、风干
然后背负。或放下

晚上骤冷，起风了

吴德彦

晚上骤冷，起风了
窗外一片漆黑
我分不清道路和田野
也看不见更远的远方
就这样，保持静止
就这样，我对自己说
不要让灯光污染了黑夜
让山在那里静立
让找不到方向的风
来回被山碰撞

但大多数时候
我们用灯光
为自己壮胆

草木间

汪　涛

蝴蝶用舞姿行路
瓢虫的淡定已经七颗星
露珠干净得完全忘了自己

在它们中间，我依然
一副悲天悯人的样子

虽然也知道遍地草木
还藏有李时珍未曾获知的部分

你的名字

王　波

我把你的名字捂紧
衪是一只受惊的小鹿，我的胸脯
这是小小的一片森林

我把你的名字搂着
和星星一起轻轻地哄拍
窗外的萤火虫
它在朝里打望，提着一盏小小的灯盏

晨曦醒来吧
你的名字衪已然醒来，潮湿的名字
是一串串花朵，我捂住心房，我捂紧你的名字
生怕一不小心
衪会开在别人的园圃

好 雨

王鹏飞

立秋就开始疯

个多月了，心头都长霉了

都忘了太阳长啥样了

说不定最后个太阳也被你打来吃了

你疯够了，轮到我说七说八了

我不是好人，老人说骂天骂地不是好人

你不是好雨，好雨知时节

山里的谷子还没打完呢，苞谷，花生还陷地里呢

还愁哪儿找捡瓦匠呢，有些生命脆弱着呢

当然，有些图谋初露端倪

你不是好雨，在云层炼出了

不靠人家脸色吃饭的本领

你不是好雨

害得我眼巴巴望到天边那碗肉酱米粉

路　灯

王庆松

路灯对晚餐有意见

照着匆匆行人

每张脸都模糊

如一朵朵打霜的黄花

真如我的眼睛

早介入了近视与老花

经常错过招呼人

常一脸尴尬

但也有例外

当清风飘过香水

眼睛会像二筒

透视到姑娘的偷笑

在不明不暗的路上

沉思诡异与荒诞
很多无解
世事如谜

散步的人很多很多
调头，拐弯，搭讪
只有我看到了前面一盏盏
夜深人静，亮如昼

秋天的省略号

王恩贵

从指尖滑过的风，为时光
留下金句，放在我和草木之间
像高山，也像河流

日落时分，隐约的雷声
如谢幕的言语，于山巅缓缓落下
一个陌生的节点
在人们世代耕种的土地上安静打开

秋雨，一场接一场均来自天上
与人间无关，微凉的雨水
洗刷季节留下的空洞目光
也为无尽的秋色带来丰富的意蕴

叶子簇拥在一起，用刻着心形的手
祭出树木内心一直燃烧的火焰

每个叶茎暗含的绿意
都像与我们随行的流水，隽永绵长
——流水和万物一样，有流逝之美

光阴的指针，在头顶日复一日盘旋
长长的雁影，仿佛秋天的省略号

换个姿势，一个夜就过去了

巫 英

夜晚过于湿润，万物在夜色的掩护下疯长

许多人，一些事不约而至

说实话，我害怕夜，

怕在夜色中遇见那个不哭只流泪的丫头

在荒芜中挣扎

往事，被日月褪色

黑夜浓稠，粘着的有无腿的鱼

还有长着翅膀的鸟

日子铺满阳光，雨露，鲜花

远方，深不可测

坐在岁月低谷

仰望满天繁星

我用一个个单纯时刻

串起鸡鸣

换个姿势，也许一个夜晚就过去了

等候一场雪花的到来

王顺用

每一个文字都应像星星

洒落在稿纸这片洁白的天空

透过孩子们遥望的明亮眼睛

我们才会看见记忆的芳香

成长沿着河流的方向

日渐清晰，青春的喉结总想喊出

一个个自我的力量

你追我赶的时代

车轮碾压过岁月的流淌

朦胧中，谁看见谁的衣兜

谁看见谁的梦想

乡村丰茂的草坪，似乎还余温缭绕

可爱的牛犊扭动一下身姿

呼吸是否还那么舒畅、甜蜜

山岳遥望着河流的身影
年节的钟声越来越近
思念攀爬过皱纹的沟壑
越来越浓

等候一场雪花的到来
世界都一个纯洁的模样
每一声问候，颤挂在喉咙里
温暖而透明

一行行文字蹚过皑皑如雪的稿纸
我已嗅到一股：春的气息！

站成一棵树的姿势，想你

万晓英

就这样手握黄昏，
把水面跳跃的波光，
用这金色的密码，以风为媒。
或许，这又是一个轮回。
用一颗怀旧的心，触摸
我的忧伤。
顺着河流一直在找寻，
只要有河，就能积蓄
千年的雨水。
露水清洗着我的身体，
这个不一样的夏季，已经开成
我心上芬芳的花朵。
站成一棵树的姿势，
想你。

落雪为念

文金凤

层林褪去秋意

群山在草甸的单调里

噙住黑色的眼泪

在雪里枯坐

等待红梅留恋人间

这冰凉的满月

水波虚空地渴望河谷的坚硬

拾雪温酒

陶炉熬煨出夜阑的馥郁

落子无声

独留山尖一抹贞洁

鱼 嘴

向以鲜

到了都江堰
即使是这个世界上
最著名的名嘴
都是不敢开腔的哑巴

在潜入江水
两千两百多年的巨嘴面前
人类所有的赞美诗
加在一起

也抵不过鱼的嘴
一秒钟分水工程中
所表达的数学绝对之美
一粒吞进或吐出的沙

我幻想的人生

熊　焱

我幻想的人生仿佛是在一棵树里
向着天空的高度，以密密麻麻的圆圈
来计数我的岁月

我幻想站在危崖之上，远离森林的绿荫
我幻想独立荒野，与全世界的孤独保持一致

我将拥有细密的纹理，那是我做人的底线
我将拥有松香的结晶，仿佛琥珀的泪滴

我将拥有取暖的木柴，供人们在风雪中生火
也供我在夜里熬着骨头给人类写一封长信

而在艰辛的磨砺中，命运赋予我坚硬的质地
那是百折不挠的气节，是滚烫的血液
与泥土融汇，加速地心的引力

最深处，那便是我根系

我幻想的人生仿佛是在一棵树里
向着天空的高度，接受星光的抚慰
聆听万籁的教诲。但我悲哀的是
总有人，会向时间递上锯把和斧柄

山寨　老人和狗

熊游坤

生于山林。沉寂在干净的木屋，
用遍山花草喂饱潦草的生活。

山风回响木屋的清凉，与一缕
晨曦擦拭风干的农具。草木已深，
鸟鸣牧放于群山，拂过岁月的棱角。

春天，梅雨是最好的颜料，
任意涂抹出天空的斑斓。
木犁，在田野上瞄准青青草色。

秋天用竹叶作哨，吹红漫山枫叶，
吹黄田野的稻子。晚霞随
远去的牧笛，穿透高山的脊梁。

石磨碾碎的泪滴，流进

粗大的土陶碗，沮丧和叹息
酿成一坛烧酒，把一寸光阴点燃。

嘴里淡出鸟味的日子，吐出一群
瘦小的星星，在空中凄离而忧郁。

生锈的铁锁锁上了山寨的门，
锁不住河水断流的声音和山坡草木哆嗦。

老人与几只啃浅草的羊坐在
秋风里，伴着村庄锈蚀的铁锁
相守遗落的时光。

受伤的战马

徐甲子

一匹马从战场归来
这是一匹受伤的马。

鲜血从马的体内流出
它的眼里盈着泪光。

这是一匹温顺的马
它在问，人类为何将我拖入战争？

马在沉默，往日的每一声嘶鸣
是否是对人性的诘问。

这是一匹将要死去的马
奄奄一息，仍以泪眼注视着

它的主人。马在想
我的生命是否沾染了罪恶？

透视记

鲜 圣

骨头，着火了
我看不见灰烬在哪里
骨头，长在我身上的一条河流
我听不见河流的涛声
正如你在我心中
我看不见你的思绪和表情

医生能看见
能看见我的骨头在钙化、在增生、在折旧
他通过 X 射线，能看穿我的五脏六腑
现在，我躺下来
正面、左侧、右侧，反复让它照射
我这块生锈的土地　一块骨头的重量
是我全部的财富
医生，也不能看见
生锈的土地上，正暗藏着你的涛声和火焰

曝光，是早晚的事
但现在，我愿忍着疼痛
让医生，把握不准我的病因

墨尔本涂鸦一条街

徐建成

是昨夜狂风吹
吹乱了园里的花
是那日细雨洒
浸湿了天空的霞

谁在信笔涂画
是想传递什么密码
谁在画兴大发
是想把什么情绪表达

我想到山顶洞人
燃起的篝火
举起的火把
我想到印第安人
留存在岩石上的
童年的岩画

墨尔本街头的涂鸦
是对远古文明的
交流对话
是对当代烟火的
减排减压
是对诗与艺术的
意境升华

墨尔本街头的涂鸦
彰显着人类对于美的
无拘无束的表达
并向遥远的星球
发射着人类创造美的
一种基因与密码

春 天

肖诗杰

太阳出来的时候
我们互相捐出影子
影子是两尾红色的锦鲤
在春天的湖里空无所依

月亮出来的时候
我们互相捐出闪电
闪电在夜空回旋
照亮燕子南归的路线

这一切
都发生在
惊蛰没有到来之前
屋后的泉水昼夜清欢

半个月亮

祥　子

摄氏 28 度的灰蓝天空
半个月亮毅然高悬
丝丝缕缕破扫帚的云纹
不断刷过它的脸
仿佛想抹去来自 38 万公里之外的
身影

白银的沉默，力量同样强大
下午 4 点 54 分的蓝天
摄氏 28 度的蓝天
灼热刺目的太阳不能熄灭
半个月亮的坚定

日落之后
半个柔软的月亮
会用它夜露浸润过的清辉

涂抹潭溪自北向南蜿蜒的身体

并将人们内心的躁动，

至少降低10度！

小黑走了

夕　颜

小黑狗走了
去了汪星球
家里人说：我们只是想念
而你是悲伤

我问：这有什么不同吗
他说：想念只是想一下
悲伤是能够伤到心的……

他的话音还没落下
我又开始流泪
是那种无声的哭泣啊
从夏天流泪到了冬天……

在黄昏

希 贤

黄昏时分山谷升起轻霾

轻，是昨夜一个似醒未醒的梦

像天空垂降的天使在深径巡走

林中蜂鸣

七叶树繁茂的丛落交错

齐腰的鸢尾归来

几行杏花融尽霾中之灰蓝

渴望战马的少年走在慈悲的黄昏

他带着动物的灵魂

活着，真实且真诚地活着

像野穗子恣意盛放

精彩之极

他头顶高悬的律法于稀薄空气中

闪耀着琥珀的光芒

他深信这是一种创造
他深信这座无望的巴别塔终将生动
泥土下呜咽声瞬息间震耳欲聋
又缓缓消逝在时间深处

2022—2023
四川诗人双年诗选

乡居五日

肖雪莲

瘟疫很远。战争很远。
乡居的日子干净而忙碌。

下山赶集。走一走。看一看。
东张西望是一日。

给菜园子拔草。给玉米地施肥。
不觉又一日。

第三日：泡黄豆。磨豆腐。
跟前村徐奶奶学搅黄荆凉粉。

第四日：捞鱼。捡鸭蛋。
看小牛断奶。看小狗打架。

最后：听寂静游荡在万古的山岗。
听群星的脚步在灿烂的头顶回响……

瘟疫很远。战争很远。
乡居的日子干净而忙碌。

两个月亮

西　雅

谁知道谁可期待两轮月亮

一个橘红一个白玉盘

透过纸窥见

世间美好抑或卑微

成都西站近在身旁

铁路悠长这头写团那头

写圆。人间多少灯火

距离远距离近夜已深浓

趁年轻趁苍老

多少云彩幻化成风

写作岁写作月

读不出来的字和句久久长长

清晨忽入夜

古杯月色

倾倒白露中秋寒露重阳

再霜降入冬。叶已黄桂如雨

手纹里画满时空点滴

年幼在大海边中年在邛海边

你的怀念忽如春忽如秋

驮附太多的黑白照片

两片海两种月

海与月总难遇总难碰面

风雨背后星月如语

在笑意背后品味苦涩的悲伤

一支老歌《桥》恰在地铁上方

盘旋盘旋。口哨悠扬

怎么看？来自汉朝的道

来自内心的咏叹

长久以来的喧嚣作为

走过绿色树荫

疲乏生活奔波之中的某一段

如许寂静像尘埃骤然降临

在龙泉

晓　曲

在龙泉，三月春风一吹
桃花便争相粉面
千万别漏那点小心事
春风早已经抢了你先

虽说桃花在不在龙泉
都会与春色争艳
但只要龙泉桃花一开
准会成为春天的诗眼

在龙泉，可以开门见山
就会与桃花结缘
即便你一时心思再乱
遇见桃花该晓得收敛

不因桃之夭夭，只因桃花人面
不因桃花无主，只因潭水深浅

初春，站在外婆的田野上

虚　杜

原来，童年一直都在
竹林盘一直都在
亮闪闪的冬水田一直都在
涟漪中心的长颈白鹅一直都在
小脚的外婆也一直在
之前她一直在厨房忙着
现在她站在二舅屋侧的山坡上
替我守着这片生长稻花的田野
守着这恬静的村庄、悠悠的白云
和旁边小河里的鱼儿
我只是耽搁了片刻，在躲猫猫时
误入了城市时空，此刻返回
小伙伴们早已走出来了
鸡飞狗跳地走出来了
聚在一起，模仿着大人的口气
把上一刻当往事，说苦似乐

一个个饱经风霜、云淡风轻的样子
眼前那片坝田的空隙处，却多了一个凸起
那是替我远望河山的大舅
他刚过七十，替早逝的儿子养大了孙子
用尽所有的力气之后坐下来了
初春，大片大片的稻茬围着他
等他站起来，吆喝水牛，扶犁翻耕

我是网红路上一条蛇

徐澄泉

我是网红路上一条蛇

从大观山的皱纹里

一路向上蹿

泉水叮咚向下，归于青衣江

我背道而驰，去往任山深处

采茶，赏花，拍风景，看游人

会当凌绝顶

先与一只松鼠握手

再与一只翠鸟赛歌

青衣仙子衣袂翩翩

我小心轻拂，引她款款入云

自视甚高的峨眉山

让我仰息太久了

我自此不再忍耐

斜乜他一眼，只一眼

他便低眉顺眼了许多

我是一个低调的人
这一次，我高调宣布：
我，欲与峨眉试比高

翠云廊上书

辛 夷

一枚皎月落在翠云廊的肩上，用团扇轻轻
托住，小心别在汉服的前襟。研墨于砚，就着
月色，想用笔墨和三国说说话。提笔，却怎也
写不好"三国"二字。

汉德驿的门被敲开，汉中快骑疾驰而来，驿者
换马前行。皇柏，黄忠柏，剑阁柏，十万古柏
一字排开，迎接驿马快速奔来，目送他们远
远而去。青石板上马蹄声由近而远。拦马墙
吹来了木香的晚风。我的笔尖，墨汁浓浓浅浅。

张飞，黄忠，魏延打马而过，蜀汉旌旗在蜀道
招展，长长的队伍跟在车马后面，木轱辘悠悠
嘎嘎地叫着，碾过前面的辙痕。我在翠云楼
上远远地看，他们我都不想见，只想看到你，
卸去一身戎装回到我面前，月光下，你的影子

为何越来越远。

窗纱又被吹开，木阁楼在风中吱吱响，火烛
摇曳，一捆竹简，一本书，几张泛黄的毛边纸，
在烛光中昏昏入睡。阁楼上的花吹得东倒西歪，
脚边的猫喵鸣了一声，蜷缩成一个圈。
月色凉凉，指尖更凉。

阳光穿过密匝的细叶，柏木味空气湿润，千年
古树阴翳下，青石板上露出一个个小小的光斑。

"蜀道翠云廊，棵棵皆断肠"。

两个月亮

夏　泱

深夜。你发来一张照片。

手指点开，整个屏幕陷入瘫痪。

漆黑的画面上，有两处亮斑，

高处是月亮，低处也是月亮。

你解释说：月亮下面，

是月亮的倒影。

我的眼睛，只见倒影，

不见江水。黑暗遮蔽了附着物，

悬空的事物都将倒映成双份吗？

比如，恐惧倒映出恐惧；

疼痛倒映出疼痛；

孤独倒映出孤独；

还有，思念倒映出思念……

鹅卵石

雪　峰

我们曾一同被水制服
并在那里知足而且荡漾

也可能露宿在河床
像刺猬，保持着骄傲的隔离

流水的刀子，见缝就插，见凸就削
皮肤一天天光洁而亮丽

于是有了红苹果、雪花梨一样的脆响
圆滑的心便有了颓荡的勇气

某个月光如注的夜里
我们安卧于主人的书房，彼此潜抚摸

追思遗落在山野的戾气和嶙峋
幻想和一枚鸡蛋发生碰撞

假如记忆可以移植

雪　馨

空山的梅，是杏花嫁接的
她们的记忆
在一朵花里相互移植

花褪残红青杏小
这已经是，久远的脉络
疏影横斜水清浅
同样是，木质的记忆

是的，在梦里
移植过层层叠叠的春天
移植过你的身影，以及回眸

你的笑意落在梦里
涟漪开始互换的场景，开始
互换的记忆

都江堰

杨　牧

这是一个工程　一个
关于水的工程
一个只叫水生利不叫
水生害的工程
一个纯粹水利的工程
都江堰

关于水　有太多的可能
太多的形态　太多的走向
太多的福祉　灾难和结局
水把日月澄清泯晦
水把人马指东指西
水把天下任意摆布
水把江山随意沉浮
弄得历朝历代的　驭者
手忙脚乱

只有一个叫李冰的人

（再往前还有个叫禹的）

懂得水　懂得水的

温柔　和顺　野蛮和凶险

知恩图报

和疾恶如仇

亲一株禾苗如亲爹娘

溺一座圣殿如溺小鸡

水是不可抗拒的

水的欲求不敢蔑视

它要横走　你就只好

深淘滩　它要竖走

你还只能低作堰

横竖把自己

变成一条水中的　鱼

你的需要　必须

首先是水的需要

这是中国唯一成功了的范例

一个工程

一个关于水的工程

一个个都把江山作为

养活自己　更养活水的

堰的工程

都江堰

福　袋

哑　石

玻璃纸包裹土红祈愿福袋，
稳稳插在书桌边文件夹中。
出自文殊院，手工感很好。
人眼睛，无法打开它。
我是夜猫。近午时，闹钟拎起
我那会儿头发乱如金毛狮王，
身体，是水中升起的
自我鼓噪、梳洗的气泡。
总是错过一些幽暗的事，
若无它物断裂、鸟的失速，
生者还自以为诸物连续——
看消息：我昏睡之时，北纬
29.68 度，东经 102.53 度，
发生了 5 级左右地震——
炸裂之灰献给祖国。屋顶上。
瓦片推来搡去，吵着去飞。

阳台上藤蔓结着小鹿蹄，
看得见的，都歪歪斜斜，
我的脚印，曾经鱼雷于冷静。
那时，愿我们相聚，已绕过梦境。

所爱即所伤

杨献平

我们所爱的，多数用来自伤

它们充沛，甚至很乖

平面化、打蜡，还要栽种鲜花

但凡入心的

必定早有亏欠

爱得越深，倒刺越长

锋利，根根见血，还提着微笑的月光

就像我爱的

器皿，风中的哨音

新皮鞋的舒适，一场雪的冷静之美

还有我生的，亲近的

他们总以为我隐忍

坚不可摧。其实我也只是一个人

有心，最怕的是：树干做成犁铧和镰刀

割掉树根。血流出来，还对身体充满仇恨

仙海的两棵树

雨　田

天龙山顶上的两棵古柏你站在这里干什么
我不知道这里过去如何荒凉，但我明白
你在无数次的狂风暴雨中形成自己的躯骨
独自啜饮着生命的呼吸和你根上的故乡
我真的想你的前世就是一对难舍难分的恋人
有着一段伤心的泪被风吹走变成烟雨
此刻我站在你的面前用悲苦把甜蜜唤醒

你见证过月亮在水面上升起倾洒着忧郁与喜悦
激情的浅丘里你的孤独成了一种信仰
把我深深地诱惑大地震颤时你注视着
仙海湖封存的火焰在挑战孤独时享受独孤

还有谁知道你扛着自己的命运　扎根在山水间
一刻不停地吸取阳光活在速度之外　从不
屑于急功近利但你从不寂寞你的枯枝败叶

也自成一体地成为浅丘深处的风景你没有
被狂风吹斜是因为你懂得生命的意义在于正直
谁也不知道你在追问或留恋什么阳光下
你凝视着一些赶路人从你身旁悄无声息地走过

穿过火焰你神圣的光环迷醉在音韵起伏的水面
我想在恍惚与欢乐的绿色之间去触摸你的恋歌
如此根深蒂固我领悟到你上空空气的甜美
仙景之境界有一种诗意正环绕并穿梭在其中

微风用指尖触摸你的枝叶你跳动的脉搏
日复一日地抵达内心我知道比黑夜的深沉
更广阔无边的是你的温暖你沸腾的欢悦
如同阳光之声让你的躯骨更加坚硬而勃发
从第一眼认识你开始我就陷入一种窘境
你的高度你的光辉与永恒是你沉默的话语
我知道你的生命获得了阳光和土地的力量
不然你怎么会这么有骨有情有义的守望在此

雪

杨　然

飘是飘不起来的
那就落吧
雪

雪，落在眼前的柚子树上
那里，曾经发出奇妙的浓香
如今脚下铺满了冰水
意味着雪，将悄然走过一生

飘不起来的还有烟子
羽绒服紧紧裹住那些身影
数九寒天二九之晨
我的窗缝隙小了许多
略微让脸察觉寒气
只看雪，在窗外轻轻落下
宛若上天冻僵的音符

一颗颗还没有发出声色
就往大地涌向尘埃

潮湿的尘埃、冷浸的尘埃
早晚都对泥土不言不语
她们的梦已经退回源头
因而与雪拥抱一起
欢迎上天的姊妹久别重逢
雪与她们休戚与共
"什么样的芬芳才是你呢"

该留的、该走的、该忘的
都一一掠过
雪，落在所有树丛与草地
她的轻盈穿越了沉重
凝聚踏上融化的通途
最小的晶莹投奔最大的怀抱
脱下羽毛、霓裳与闪烁
只剩一颗颗纯净之魂
"你的幽暗诠释了灿烂"

飘不起来的还有风筝
灯笼锁住的火样年华
她们，都在等待解冻时刻
雪在这样的背景下独自分担

告诉她们春天快了
所以急急落下
枯草和败叶都理解了温馨

这样的背景这样的隆冬
有人出门，有人回家
雪落在更远的竹林、更远的树
她们的无声代表另一片音乐
冻僵是表象的，像哑默的瞬间
笑在最后的终将是春水
雪，没有丝毫忧虑
静静地落，静静地落
她们的欣喜准备绽放了

这样，我把隙小的窗缝大开
看雪落成一片动漫
我想，关于野花与飞鸟的曲谱
现在肯定开始萌芽了……

猛禽在世

杨　角

大山收敛起翅膀，它仍是猛禽
是黑背雕和白头鹞的化身
猛禽并未远去，只是藏进了石头
盖着一层厚厚的地衣
在川滇交界的乌蒙山一带
山脉蜿蜒，首尾相接
如一只秃鹫领着一群鹰隼
我曾在月光下走过峡谷
穿行在猛禽之中。远处的山峦
有一只鹞黑白相间的头颅
陡峭的巉岩暴露了它的喉咙
我的先人借一抔泥土
保存着呈堂的骸骨
几千年了，我们说人类古老
其实猛禽更加古老
它们蛰伏人间，没有向人类宣战
但上帝，也没有召回它们

雨水记

亚　男

学会独守，或者顺着屋檐去忘记
按照土地的分类，一分薄田和一分厚土
饮用。各不相同的流径

叶子在树上，与根须的距离
刚好垂落下一滴雨水。湿透了的天空
倒映着内心的渴望

再有一滴，我就承载不起
夜晚里失重的消息。只有那不能回避的钟声
一下，一下地撞击着

空阔的雨水。我想收走
从骨子里溢出来的冷，又不得要领
直到灌满黎明，我也捂不住
雨水的磅礴

春天，就是一个不确定的数字

易　杉

气温持续下降，树开始换新衣了
许多落叶和许多鸟鸣一起
许多条人命和许多条狗命一起
潮湿的马路和昏暗的路灯一起
腹痛的人和想得多的人一起
抱头痛哭和抓紧铁栏的人一起
疯话和漫天的大雪一起
新一轮的死亡排序被置入无人机
黑手在幕后，上演古老戏法的滑稽

持光者

杨 雪

你沿着丰盈的河流而来
你沿着高粱饱满的穗子而来
在大地辽阔的滋养中
你的辞赋流光溢彩
隐恶如烟被逐出灵魂的居所
持光者　内心坦荡　大爱无私
才会持久　让光亮温暖人心
那些爱，已铭刻于石头上
只要我们坚持诵读传承
洪亮的声音
终究会让邪恶和腐朽
逃遁于天边

院子外面的脚声

羊　子

呼吸一样急促在院子外面的脚声，
月亮越看越美的时候响起来了，
一首紫色的抒情曲。

睫毛中忽闪的蝴蝶都看见的美。

肌肤上走来的轻柔，
这青春的脚声从时间的尽头传来，
夹杂红盖头的慌乱与痴情。

山口胸膛起伏丝绸的目光，
荷叶展开绵绵的绿。
一波一波烟雨走过去，
把院子里的嘈杂一一带走。

心林里鸟飞鸟鸣。

花伞遮住的思念亲吻整个的正午，
连院墙外的涛声都熄灭了，
季节跌入土壤的里面。

从轻风的呼吸和流水的心跳，
还是听得见那层层细密的脚声，
下午茶一样的静。

吹竹笛的人

杨　通

一些音符散落在大桥上
像盲目的尘埃，拍打着来来往往的行人
一只失去阳光照耀的蝴蝶走错了季节
缠着吹竹笛的人，询问故乡的方向

吹笛人，一直站在桥上，迷乱的城市被他次第吹开
一半流落到江南，一半挣扎在江北
冬天，在他的身后披散了白发
尘世间，多少执手相爱的人
被吹出漫长的忧伤

竹笛上，停满今生今世的霜雪
风中的长路，有不能逾越的冻土和秩序
那只迷途的蝴蝶，在他的内心里流浪，挣扎，复苏
吹笛人，泪光闪烁。他疼痛的手指坚持着优雅的姿势
乞讨开往故乡的花朵。笛声破冰化水，拨云见日
春天锈死的纽扣，被逐渐磨亮，被缓慢解开

每一朵桃花都认得我

印子君

在龙泉山，正低头赶路

却听见后面有人喊我

当停下脚步，只有风声

从耳畔轻轻掠过

我继续赶路，继续低着头，踏着

龙泉山的上半身，从肩膀

走到胸脯，再走到肚脐

阳光哗哗流淌下来

冲洗着地面斑驳的影子

此刻，我已走在龙泉山的大腿上

刚被三株雏菊碰了一下

又听见后面有人喊我

我终于忍不住回转身

竟看见十万亩桃花羞红着脸

每一朵都在抿嘴微笑

我被惊呆了，完全没有想到

这群怀春少女，对我如此在意
这是命运打开了第三道门
因为她们，即使李花和梨花开成白银
油菜花开成黄金，已不再让我动心

老　酒

杨光和

不管你喝不喝酒

毅然决然送你一壶老酒

至于老到什么程度

只管与长江同醉

用减法和无声无息

把锦江醉成一马平原

泥土与司马当垆平躺诗意

一粒粮食或水的馈赠

内心不只为浣花溪增添颜值

只为在老酒里复活

我干了，你随意

挥一挥手的情

漫过头顶

铺天盖地

狗尾草的辽阔

樱　然

生若草芥，须做劲草
一个人，若一粒草籽
要与土壤，雨露，阳光交好

选择青葱的色彩
崇尚极简主义
无须花红，不攀高枝

与风，言风语，顺应自然
与虫蚁，比命运
弯得下腰，低得下头

秋光斜照时，抖落金黄的因果
为鸟儿布施，也为转山转水
鸟儿落在哪里，哪里就是故乡

致银杏

银　莲

考古学家说

你是植物界的活化石

辈分足够与大熊猫称兄道弟

一百年起步

看透三千年风雪云雨

才活得出这内心的通透敞亮

春天你是童话

在祖母的怀抱里发芽

夏天你是白果

在中药铺抽屉里打坐

秋天你深藏悬壶济世之心

满树叶子用光了积攒千年的黄金

给阴冷的初冬带来暖阳

给迷路的月亮找到故乡

我不相信你仅仅是一棵树

一棵树哪有星星的光亮

我不相信你仅仅是一棵树

一棵树哪有蝴蝶的翅膀

我不相信你仅仅是一棵树

一棵树打开丝绸的扇子

翻阅万水千山

一棵树舞动不老的枝丫

书写远古的神话

在东山

雍　也

漫山遍野的桃花
此刻还在东山的子宫里
相拥而眠
朝圣花神的众生、
在春天的彼岸逶巡观望
夕阳在百里之外的
西岭雪山上一步一回头
深情缱绻的目光
穿云破雾而来
在一脸红晕的东山上
久久留连
山重水复的驿路
在明清的马蹄敲叩中
纷至沓来
驿卒挑夫行人商旅
以及辚辚车声萧萧马鸣

像鸟群在天空来来往往
今天
我们在这里的驻足张望
相拥感叹
是东山亿万年书卷中的
薄薄一页
还是其中的一枚
小小书签
抑或是几只
飞蝶翩翩

路，沿途蜿蜒着我的呼吸

宇　风

夕阳给沱江穿上奔腾夜晚的盛装
古寺的钟声站起来，高过背靠的山峰

傍晚，一个又一个房间走进身体
黎明，我不得从身体走出房间
把亲人留在等我的路边
却同陌生人形影不离

路，沿途蜿蜒着我的呼吸
每一个脚印都是心跳的回音
未来又从这里长出新的过去

许多人虚伪起来就骗世界
而我虚伪不来，从不骗别人
在来回的路上，却骗了自己一生

桃　花

杨小娟

她从寒冬突然抽身
离开沉闷的话题

选择微风伴着细雨
选中三月
与那段粉色的记忆
再次撞个满怀

她知道
身体里燃烧的部分
弯曲的部分
又来到了这个时刻
开满那面拾级而上的山坡

拆开一个汉字
一朵花就盛开

炸裂的灿烂

诱惑那座山，说出

对一株桃树怀抱多年

也不肯把她放下的执念

速 写

云 子

蛙声塞满乡村的每寸夜空
天空瓦蓝瓦蓝
屋顶的炊烟飘飘逸逸地飞入云层

记忆经过手指紧紧抓住山的脊背
泥土的情感加重在额上
心如海中的浪花

松树的香味总是第一次闻到
山妹子的那间茅屋，门开了又关了
有一种激情奔涌在你的黑皮肤底下

一扇蓬松的夜

羊依德

人声提着鼎沸。紫兰花提着倒退的影子

一枝斜，可以消肿降脂
翻山越岭

背对落日的面相，披针穿过物喜物悲

柚花走出闺字
独弦琴拖着尾巴

此刻，谁先叩出一扇蓬松的夜
低处的光线
必将
刺破黑的虚境

青　菜

亦　寒

她的碗里总是种满青菜，阳光代替油分
覆盖比太阳略小的圆形碗口
冬季早已远去，婆婆的身体里
依旧堆满雪
只有青菜可以为她点燃炉火
间接抑制血液内部，持续散发出寒冷

清洗植物的身子，使她回想起生命
深刻的含义。她熟稔每一种青菜的身世
晾晒仪式之前
为了植物与人类同时接受阳光照射
她先复制了青菜的坎坷
再将反光镜举高，高于屋顶

听她歌颂青菜热心肠的一生，如同
从冰冷的井水中打捞出孤独

前些日子，这个镇子开始下连夜雨
她在失眠中隐瞒被褥潮湿
我从不担心夜晚冷，唯独害怕她
藏在夜里偷偷体验新的疾病

拉二胡的人

杨俊富

他怀抱一把古旧的二胡
坐在太平廊桥檐下的长条椅上
拉锯
一些人在围观
一些人瞥一眼，又匆匆离去

他的头微微偏向二胡的上把
枯瘦的手指不紧不慢
上拉和下推，连贯得十分和谐
（仿佛他只会做这样的动作）

声音的锯末粉
落在廊桥上
落在河面和路人的耳朵里
带着锋利的痛感

一整个下午
拉锯的声音都没间断
仿佛不把这座石头廊桥锯断
他就不会离开
——他已经锯断了黄昏

背 后

杨　诚

叶子老了
寒冷不见尽头
单薄的荒草如何迎接冰霜

江雪里的那只鸟
在唐朝的冬季已经飞走
枝丫的颠簸能够承受多少寂寞

那些身边的雪花顷刻被击得粉碎
鸟，抛弃了巢穴
却获得了一片天空

相信石头会开花

野 川

相信石头会开花，我在石头上坐着
对着高远的天空，默许心愿
不知道石头在这里存在了多久
肯定有很多人坐过，树叶、蚂蚁
风和尘土也坐过，缕缕温热，生命的温热
持续注入，石缝的青苔，可是遥远的回声？
相信石头会开花，十年，百年，万年
相信我走之后还会有人坐在石头上
默许心愿，相信石头开花的时候
所有在石头上坐过的事物
都会闻着花香醒来，看见天空又高远了很多

乡　愁

雨晓荷

缕缕炊烟
就是一声声邻里的呼唤
一只只麻雀的乡音
从待放的花苞里溢出

打开记忆的村庄
往事从山水间流淌出来
将春天荡漾成海洋
把根系镶进尘埃

在犁铧的锋芒失色中
怀念镰刀和锄头
荒芜的土地
怀念庄稼和孩子

一声声乳名
和嫩绿的记忆，在梦中
一次次拔节，一次次泛黄

青杠树

叶茜文

枝叶早已腐败，融于土壤
滋养着几步之遥的梨树和柏树
躯干早已搬走，成为几案、扁担或锄把
留下树桩无论如何也不愿离开
就像父亲无论如何也不到城里去

一场雨后，你唯一能献出的
是挂满全身的木耳。熟谙于此
父亲采了它们，摊在簸箕上
晒干，交给他的母亲
时间看不到你的荒芜
只有河水静静地流

生在老屋门口，却素未谋面
如果你还能伫立
我就能明白父亲年轻时的

隐忍、节制与野性
如果你是为了守住老屋
父亲一定是为了守住他的母亲

2022—2023
四川诗人双年诗选

蚂　蚁

袁　勇

一只蚂蚁顶着一颗恒星
那绝对是唯心之力
这世界我见过的事情越来越多
但我的心却越来越小，越来越小
当星河消失，我小小的心冒出了硝烟
时间，像那条缓慢爬行的蚯蚓
在我的身体里打洞
我低头看着，一边恶心
一边开始往阳光明媚的草地上跑
我掏出一枚方孔圆钱
呆立在那棵枯树下，向远处招手
没有得到哪怕一只飞蝇的回应
我再也，买不到上古时代的烈火
石头在此时流出了最后的盐
沉睡的人，肉体里流失的恰恰是梦境
无数只蚂蚁从我的心上爬过

我却越来越涣散、软弱
夜空深处，一只唯心的蚂蚁
顶着一颗燃烧的恒星

在寿山湖

喻　强

在寿山湖
枯坐而不入定
开始想念鸟叫、风声和水波
甚至怀念喧嚣和尘埃

我仿佛走入一座空城
每一栋楼都是孤寂的
每一条街都是空空的
每一扇门都是空寂的
每一辆车都是空荡的
我触摸你们的过往
温度　温度
你们都走了吗
留下我白发三千丈吗

一个破碎的马蹄踏破湖面

我明白十面埋伏前的宁静

你是否看见寿山湖边

一只蝌蚪在变色　在颤抖

成都人看雪

亚　君

一场不大的雪

飘来成都

乱了成都人的生活

雪刚落

成都人就计划着

堆雪人

打雪仗

顺便拍几张相

成都人看雪

像外地人看大熊猫

稀奇

矫情

喳喳呼呼在

雪地里转圈

晚上觉也不睡

趴着窗户框数雪花

撕

张新泉

撕是一种暴力
对于纸，即使再温柔
也是

一生中，我们总要
毁掉一些纸
总会与一些纸张
势不两立
在碎纸机莅临之前
我们体面优雅的手
总在乐善好施
温情脉脉的背后
清醒地干掉
一些类似纸的东西

笔使纸张获罪

纸在无法解释的绝境
被撕得叫出声来
文字的五脏六腑
散落一地……
人对纸张行刑时
是一种比纸更脆弱的
物体

纸屑会再度变成纸
再度与你相逢时
一些化不掉的字
保不准会活过来
咬你

我以为时间的镜像就在身边

张卫东

你说117是整部《诗篇》中影响最大的一曲。
且看，她一袭深棕色长裙，起伏的
胸部，目不斜视的眼神，肃穆地
把我们带入了高潮部分。天使如此可怕，
那谁是你的灵魂之鸟？鸟鸣叫，
鸟鸣叫，相对这持续的赞美，它
始终流动在初始音阶。四分二十六秒的
演唱，帕特莉西亚·亚涅契科娃
让歌曲浑厚地贴近了莫扎特……
于是，我就站起身来，移步窗前，顺着窗口
向下看：树冠上，几只小鸟儿
正聚集期间。相同的鸟，青葱的鸟，
每天都来觅食叫唤的鸟。你说，
主要是效果，这唱腔，"超女"是没有实力
达到的。且看它们的相互挤兑，
丢的几乎就是时间。时间啊，

我不懂。天空幽暗，风从西边来，好听的风，
间歇地吹，把你翻动歌谱的手
吹了过来，就像我们以为的羽毛。
而暗夜里的凝视，绝不是那乱蓬蓬的鸟叫声。

遇　雨

赵晓梦

该来的总会来。花径崎岖
柠檬在秋天身上使劲泛黄
一到这里，身上的力气就小了
脑子只用来思考眼前的事情
其他地方都空空荡荡
风晃动着每一片叶子，也晃动着
每一颗开裂的果实

阳光藏在阴云背后沉默不言
脑子空出来的地方装不进新东西
看水，水就在山间岩石上流淌
看云，云就在树梢上飘飘荡荡
雨点的深浅与冷暖
不过是一只鸟惊飞另一只鸟
缺席的肩膀寻找着兰花的嘴唇

我不走了，让雨滴一个一个地来
从红豆杉和无刺冠梨上来，从斑竹
刺竹上来，菊花、栀子、银杏
早已占据方位，飞蛾树张开蝴蝶的
羽翼，金黄色的绒毛落了一地
竹荪和香菌醒来，强势得一塌糊涂
——地上全都是尊卑长幼的序次

冬至畅想

赵剑锋

那么多羊的骨头躺在一起
相互取暖
相互不说话
你挤着我，我挤着你
彼此挤出骨油
挤出最后的水分
和那些多余的肠胃
一节一节，肝肠寸断
那些多余的心叶和肺片
迎风招展
成为冬天的另一张脸

骨肉相连，走到冬至这天都没分开
一只完整的羊
躺在节日里团聚
今夜的寒风还在磨刀子

锋利的刀尖又将递进羊的咽喉
我没能劝阻流淌的鲜血
我只看见从汤里站起一只羊的肉身
重新返回草原

永兴寺

钟　渔

夕阳敲响鼓楼的晚年
茶园退让出一条曲折的山路

有人背着手，在大殿前诵读
"南无大轮金刚陀罗尼"
照壁生出的苔藓，在晚课后更加葳蕤

"尽虚空界，生死六趣有情"
雨水，溪水，泪水
流经此地，皆成甘露

她跟在他身后，一路拾捡青石板上的
经文，暮色中曼珠沙华伸出
柔情的触须，她所经历的饥馑与伤痛
忽在此刻悉数得到抚慰

"愿以此功德。普及于一切"
永兴寺阖上山门，她和他失散多年
的暮春，都被无边无际的夜色填满

泥　香

郑兴明

那些绳，断了
那些结，散了
那些风中拙朴的门帘
那些在眼角打结的雨的滴答
空了，茫了

直到看见一双手
从土里挽出一个疙瘩
挽出埋伏的守望、耿耿的呼唤
挽出血脉的纠结、哽咽的应答

才明白，彭州白
是岁月的信物
是老家的牵挂
是结绳记事的一些结

是她或他
是土地，好不容易到你跟前
用泥香，和你凝视
用泥香，和你说话

这个春天，好多景致都是空的

周家琴

一声令下，山河草木唯唯诺诺
此刻，大邑落日有些玄幻：
刘氏庄园里主人正卧的旧钢琴旁
依旧坐着水漾年华的女子
清脆的琴声穿透高高的院门
建川博物馆陈品的猎猎风骨噼啪作响
小巷落寞孤寂于一场拉锯战
似乎正在废掉这个春天的黄昏
走着走着，发现好多景致是空的

这是这个春天我走得最远的地方
即使心开始逃离，乍泄的也没有春光
与一块麦田虚度却觉得生命长得毫无意义
那握不住的挂在悬崖上的温存
微风一吹，也是摇摇欲坠的样子
躺平在麦地里，听墨绿怎样拔节

听内心深处无奈的挣扎以及佯装的不在意
听着听着，发现好多景致是空的

明明是人间三月，心头却被彻骨的寒压得生疼
病体老人红光满面地告诉我病魔可能在逆行
这短暂的表象多么像陷阱：诱惑我盲目乐观
就像油菜花昭告天下：春天已至、山水朗润起来了
其实人间在挣扎，远方的呼声在
泣血，我渴望离你最近
但这个春天，好多景致都是空的

立　春

卓　兮

在寒风中搓手等待
等一个人复活我春天的属性

这么多年了，我还是那个
在冬天旧病复发的旧人
春风二钱、花红三两、草绿一片
以及所有关于春天的词语
都是复活我的良药

你依然是唯一的药引
引我走向料峭的花枝
重新开一次花，试图
把一个旧人翻新成良人

这么多年了，你是否
也做着这些相同的事情

在寒风中搓手等待
等一个人立在眼前
从一堆鸟鸣中拣出春天的前奏
小心翼翼地，在又一年的开端
作序……

晚　课

詹义君

天色渐暗。
我放弃了在一首诗中的徒劳——
安置犁铧、旧信、菜市、大海；
安抚雏菊和老虎、故乡与远方。
不再提防它们内讧
甚至叛乱。

蟋蟀在草丛中修理秋天的马车。
我会放慢脚步，
轻轻穿过他的孤独。

再熟悉不过的小路。
往返多年，我
没有走出李白，或者柏拉图。
如今，我越来越像识字不多的父亲，
心绪平静，安于晚饭后的日课。

星光寥落，我知道如何避开鬼针草。
我早已放下童年的厌恶，
学会了对万物怀抱宽容之心。

村口的废井边，柿子树一如既往
站成等待的姿势。
有时，天空会下雨。我会
突然想起已经失踪二十年的邮差。
此刻，你以为我会感伤。但我悄悄转身
把背影留给了风。

秋　晚

张　丹

一生中，
有很多个晚上，
你要独自听雨，
落在窗外的叶上。
要在简陋的租屋里，
匆忙制成的台灯和风扇边，
揽看生命无一字可改的书页。
要几百次，让压倒内心的风暴过境。
准备着，没有人会先于雨，找到你。
你也不会先于过往或忘记，找到你。

端　午

张　宛

草　　也有被抬举的那一刻

在门楣　瘦着身

见过匆匆过客

留一味药性

给屋里那苦命的人

桂 花

钟想想

当我把虫鸣
想象成蝉的余音
把绵绵秋雨当作夏之葬礼的时候
它来了。
一来就打动我

风吹一下，落几粒
躺在手心里的小米粒
变成桂花糕，桂花茶，桂花酒
我看着，念着
每一次
都是阿婆的名字

蚂　蚁

钟守芳

音乐公园宣传栏下
弯下腰拉伸的我
与一只蚂蚁
不期而遇

水泥路基宛如热锅
它急匆匆东奔西走
细小的身形
像草地上一小粒滚动的尘土

是忙着维护蚁权,
还是在寻找面包屑、水果核
或者,同类的尸骨?

草丛,是蚁族的荒原
抑或家园
蚁,亦有蚁道!

泪　水

周礼勇

在陶泥世界，他就是自己的王
要什么就捏什么
捏一座坟墓，把父亲请出来
躺椅已被阳光擦拭干净
小黄狗缩进下午的旧报纸
与老花镜后面的父亲捉迷藏

再捏一个中秋
让母亲从癌症中活过来
系上围裙，从厨房端出
父亲喜欢的油酥花生米和
自己最爱的回锅肉
大哥喜欢干煸肥肠
一大盆孙辈爱吃的辣子鸡丁
月饼在桌子中间
菜上齐，月光已斟满酒杯

看着团聚的一家人
他想捏出自己
却捏出了一把泪水
在狱中
泪水有时像刀，能杀人

守 望

紫 影

一晃而过的

狄芦花被丢在车厢外

这样的季节

青山深绿，树木枯黄，枫叶红着晚秋

天府之国有我温暖小窝

不说话的你

与埋葬在山丘上的石头

相陪伴

那些刻入命运的文字默默表达

尘世之爱

如果风是行在旅途的浪子

要去远游

紫守望月亮，可遇天空

我们低头，眼泪流淌，恰逢江河中的水

送出宇宙——

白鹿的传说

舟　歌

清晨，山林里
一串串猎吠
追逐着
一股美丽的风

猎人
火药熏黑的枪筒
瞄准
又移动
瞄准
又移动

可怜的小鹿呀
惊恐中
忘掉了妈妈讲的

"鹿回头"的故事了

一声枪响
太阳被击中

搬运工的披风

赵泽波

把一张破床单
随随便便系在脖子上
就成了一件
柔软而结实的披风
披着它像将士出征
似乎可以抵挡背后的
一切风雨雷电，以及
一切尘污和沉重

披风上的岁月褪色发黄
与他脊背上的古铜色
还有面容的黝黑
融为一体难以分辨
瞬间模糊了我的双眼

货车上如山的堆积

都要在披风上完成
最后的转身
搬运工眼神淡定，动作轻柔——
所有货物
都是他的孩子

晚霞映红了披风
我看见搬运工只顾埋头
一不小心，把硕大的夕阳
和他弯曲的背影
也全部搬进了仓库里

吹口琴的人

张广超

巡视完一天边界线
帕米尔高原，已是星满夜空
往常一样，他缓缓拉开抽柜
抚摸一把破损的口琴

口琴是他战友的
每至夜幕，哨所，群山
甚至听风的积雪
在战友吹奏的琴声里

此刻，他缓慢地走到
战友空铺前
手握口琴
面向界碑方向吹

在烟霞山，想起晚年的博尔赫斯

朱光明

博尔赫斯一生以家族为骄傲

在接待远方的朋友时

热衷于邀请客人参观雷科莱塔国家公墓

那里安葬着阿根廷的历代精英

其中包括博尔赫斯家族里的三位先祖

他们生前是开国元勋、军事英雄

死后拥有华丽的墓志铭和墓碑

也就是拥有了属于逝者梦寐以求的尊严

博尔赫斯曾在诗篇中预言，他也终将长眠于此

在烟霞山，在潘家坝上营墓葬群

我见到风尘里远去的山地居民

他们在生活的树干上风吹雨淋过完一生

最后落叶般掉在大理石上

留下时光镌刻的纹理

工整的楷书，仿佛一生循规蹈矩的写照

生动的鸟群、马匹

精美的人面桃花、窗锁朱户

诠释了他们关于生活的浪漫想象

在烟霞山，万物皆是一种美学

化作山地居民世代传承的歌吟

一个人生命的开端，也就是一首诗的开篇

一个人的一生，只为写好生活这部史诗

这让我想起晚年的博尔赫斯

离开居住了大半辈子的布宜诺斯艾利斯

最终客死他乡

临终之际，仍在诗篇中关心着生与死

像海一样

周凤鸣

这座城市由海和花园组成
总感觉玫瑰的后面
有一种让我逃离的味道
面对一种共性
我有时坚强有时又很柔弱

你是一个意外
这意外使我放松
把透明交给你　交给一片湛蓝

玉兰园的月光向海边舒展
像海一样的你
浸润我的双足
让我想到远航和归航

橄榄树伴着涛声飘扬

如歌的行板溯流而上
千帆过尽
我是第三朵浪花使灵魂交响

海　是一个大朋友
是我欢笑和流泪的地方
像海一样的你
给我许多灵感和想象

六月的海滩像我的琴谱
我身着三点式泳装
走向你　走进大海
一行行蔚蓝在我们身后
一浪高过一浪

火　焰

朱佐芳

天涯之外。咫尺之上
所有的欲望，都在她指尖掐灭
在他指尖燃起。现实的苟且与不安分
在各自的围城里
高出 37℃ 的体温。悖论地行走
此刻，夜色是一扇虚掩的门
或渡口。或毒药。婚姻之外的出口
入口，被隐喻
层层围观
浮华世相漏洞百出。身体里的鸟鸣
戛然而止。有露水迎风而过
马匹，又回到各自内心
虚幻的城堡下，草木再次推倒自己
抑或草木被自己推倒

秘密武器

张义先

"魔鬼放出闪电，昭示他的存在"
而你是我的秘密武器。

天色清浅，风向不明。谷物刚刚收割
田间空地，到处都是凋零啄空的向日葵
我喜欢在清晨，骑共享单车或漫步去画室
在凉风中唱歌，给溪边的杨树拍照
下午，游泳池里，多数时候只有我一个人
水声在空荡中回响，海浪般悦耳
有时，我去皇家花园或河边树林闲逛
在边界徘徊，后花园里的房子快修好了
还有新鲜空气，这里处处都是美的
我喜欢在傍晚天色朦胧之时
和陌生人空谈理想
修复肉身拯救灵魂的箴言，在夜色中消融

夏天怒放的美人蕉，仍独立于荒野
微风轻拂，半开半谢
万物阴阳平衡，自有其生死法则
此刻，宜煮一壶好茶细品

2022—2023
四川诗人双年诗选

猫之祭

张凤霞

不知道，你短促的一生可否谓之幸福，
如今却把哀怜和心痛留给了我们。
曾经总以为"井水不犯河水"，
事实却是，动物的残忍并不输于人类。
凌晨，这院落发生的心碎由次日
黄昏与我照面的目击者说出。
但彼此哀怜的眼中并非都噙满了泪水。
诚如诗人所言，你近在人类中，
有着多少我们希望的共同点。
当所有的减法做完以后，可爱的颜值
已被多次描述。曾以为是长久的
美感，并感谢诸神的赋予或
基因的传承，让彼此在三年多的
关注中惺惺相惜。但最终我的自私因
奇怪的"洁癖"将你拒之门外。
对这劫难，是的，我们的虚伪和

在地球另一端惺惺作态的
他们并无二致。虽然，彼此相隔甚远，
但我仍要祈祷。此刻在天国，
你正静坐梳妆台前，细细看着
镜子里那精致迷人善意可爱的小样子。

访　客

赵星宇

又一次见到，候鸟飞走，
它们将要去往下一片森林，
或是追逐另一条河流。
没有合适的语言，送它们离去，
唯有目光，在那株晃动的松针上停留。
寂静的时刻，天空中传来，
它们有力地振翅声，越来越近，
飞过头顶，我听见群鸟间的低声交谈，
还须越过那条山脉，暮色中，
对于前方还存有未知，
一只鸟的一生，都在反复出走，
它们心中的河流和森林，都在
每一次，单调和不安的飞行中，
存在，妥协。

刀

张　蓉

（一）

刀一生的不幸
就是有了感情

有了感情又不得不去
用无情伤人

当它老了，倦了、累了
才悄悄躲在角落
长满锈迹斑斑的悔恨

（二）

至今不明确
一把刀的爱
和恨。它面向敌人

也面向亲人
有时它明晃晃
有时它在黑暗中潜行
它一生的功课
就是把爱和恨
统一到锋刃上来

时间胶囊

周乐安

五千年的等待　从神到人
仅仅是最普通的一个轮回
天体与地球之间
神与仙有着熟悉的密码　甚至
光和电都是累赘

念想　远隔千山万水
海洋总会收纳大川小溪
文字，初级生命的高速路
终归要湮灭在时光的荒芜

三星堆　上一个轮回埋下的时间胶囊
看不透　摸不透　想不透
那是神留给神的信物

弗拉兴的花岗岩洞

将在下一个轮回开启

爱因斯坦的书信

无非岁月长河的一个童话

我的房子

周　渔

我的房子要有青山绿水

险峻的用来作画

淙淙流淌的，用来替春天写些诗

菊花放在九月

柿子树用来抵挡霜雪

酒鬼趁着月色归去，诗人披着蓑衣赶来

瓢泼大雨用来洗尘

干海椒用来辣污浊的眼睛

当然还要有犬吠

推开篱笆，就能看见茅庐外的三兄弟

既然做不到雅俗共赏

我就当个俗人，用拆迁款首付月白风轻

替村姑们照顾

环肥燕瘦的一亩三分田

编后语

2022—2023 在当代生活的记忆中，无论多样的疫情生态，还是语言的蓬勃转向，都在影响当代诗对新生活的回应能力。诗歌如何在传统的巨吸力中成为先锋、探索和对话的思想栖居等诸多问题的考量，最终要回到本文中，躬身在语言生活中。而抱负和现实的距离，是靠实践意志的细节落地。与其说一个时期有一个时期的诗风，不如说一个时期有一个时期的许多诗风（霍夫曼语），回望当代诗歌注重细节，重视地域的品质。把两年作为一个时间意义上的诗学单元，去引申出当代诗歌记忆中诸多的歧义和斑斓的可能，也算一种绵尽少数的努力。

蜀地，一直以复杂的历史地缘文化著称于世。无形和有形的辉映，现实与想象的张力，清晰与神秘的对峙，以及如金沙和三星堆般奇诡与陌生的创造力。无不成为诗歌的原生力和原动力。四川诗歌正是生根在这块土地上的纹理脉律。无论风起云涌的 80 年代诗学蝉变，还是 90 年代的叙事风潮，还是 Z 世代的美学拓维，四川诗人坚定不移的身影正在成为建筑新型汉语诗学不可忽视的力量。为诗意的崇高准备空间（文德勒语），四川省诗歌学会秉持汉语诗歌精神，多方努力编辑的《2022—2023 四川诗人双年诗选》正是对当代四川诗歌的精神打探和本地艺术生态的微观呈现。

多数与少数的争论，从政治历史学一直延续到一个选本的编辑思想。好在四川省诗歌学会年选编委会是一个做实事的团队。那就取其中，不多不少。编选的诗主要来自征稿邮箱，千余首诗，风格多样，为选稿提供了自由。还有部分荐稿，也为选本增光添彩。选诗按拼音排序，随缘随意。斟酌再三，取其一二。虽有多种遗憾，二百余号四川诗人在此聚息，也算后疫情时代诗之幸事。

此为记。

易　杉

2023 年 10 月